Heinrich Emecke

# Chrestien von Troyes als Persönlichkeit und als Dichter Versuch einer Charakteristik

Heinrich Emecke

**Chrestien von Troyes als Persönlichkeit und als Dichter Versuch einer Charakteristik**

ISBN/EAN: 9783743609938

Hergestellt in Europa, USA, Kanada, Australien, Japan

Cover: Foto ©Raphael Reischuk / pixelio.de

Manufactured and distributed by brebook publishing software (www.brebook.com)

Heinrich Emecke

# Chrestien von Troyes als Persönlichkeit und als Dichter Versuch einer Charakteristik

# Chrestien von Troyes

als

# Persönlichkeit und als Dichter.

Versuch einer Charakteristik.

---

# Inaugural-Dissertation

der

philosophischen Fakultät

der

# Kaiser-Wilhelms-Universität Strassburg

zur

Erlangung der Doctorwürde

vorgelegt von

## Heinrich Emecke

aus Lübbecke i/W.

---

Würzburg.

Ellinger's Buchdruckerei (F. Fromme).

1892.

Die Anregung zu dieser Abhandlung erhielt ich von Herrn Professor Dr. G. Gröber, meinem hochverehrten Lehrer, dem ich für seine stets wohlwollende Unterstützung meinen aufrichtigsten Dank auch an dieser Stelle auszusprechen mir erlaube. Ferner fühle ich mich Herrn Professor Dr. *Martin* für einige Verbesserungsvorschläge verpflichtet.

Sehr gefördert bin ich in meiner Arbeit durch die Resultate, welche die Herren Prof. Dr. *W. Förster* in Bonn und *Gaston Paris* in Paris auf Grund langjähriger Studien über *Chrestien* gewonnen haben, auf die ich mich daher auch vielfach stützen konnte.

Der Verfasser.

**E**s ist schwer, ein klares Bild von einem Dichter zu gewinnen, dessen Lebensverhältnisse so unbekannt geblieben sind, wie dies bei *Chrestien von Troyes* der Fall ist. Quellen, die uns über sein äusseres Leben Aufschluss geben könnten, sind nicht vorhanden. Was wir darüber wissen, hat er in seinen Werken gelegentlich selbst angedeudet. Dies Wenige reicht aber nicht hin, Licht über sein Leben zu verbreiten.

Um so erfreulicher ist es, dass *Chrestien* zu denjenigen Dichtern gehört, die ihr innerstes Wesen in ihre Dichtungen hineintragen, die auch ihr Fühlen und Wollen in denselben zum Ausdruck bringen. Nach dieser Seite hin ergiebt sich uns also ein Feld der Beobachtung, dessen Bearbeitung mit möglichster Vollständigkeit angelegt werden soll.

Eine Hervorhebung des blos für *Chrestien* charakteristischen setzt nun aber voraus, dass eine Beschreibung des Allgemeinzustandes und Denkens seiner Zeit oder seiner Standesgenossen bereits vorliege, was nicht der Fall ist, weshalb jenes mit diesem im Zusammenhang vorgeführt werden muss,

Da es jedoch nicht immer leicht ist, im einzelnen Falle richtig zu entscheiden, wieviel des Persönlichen und Originellen für *Chrestien* nach Abzug des Allgemeinen übrig bleibt, oder ob er nur selbst der Denkart und dem Bewusstsein seines Bildungskreises Ausdruck zu geben sucht, so wird hier demnach mit grosser Vorsicht zu verfahren sein. Eine fernere Beschränkung erfährt die Behandlung der Aufgabe dadurch, dass nicht sämtliche Werke zugänglich sind: Die O v i d i a n a (mit Ausnahme der P h i l o m e n a) und leider auch der T r i s t a n, von denen wir aus dem Eingang des Cligés-Romans Kunde haben, sind verloren gegangen. Li r o m a n s  d e l  c h e v a l i e r  d e  l a  c h a r r e t e und mehr noch P e r c e v a l sind unvollendet geblieben, und bezüglich einer andern, unter dem blossen Namen *Chrestien* überlieferten Dichtung: Du r o i  G u i l l a u m e  d'A n g l e t e r r e steht seine Autorschaft noch gar nicht einmal fest.*) Weiterhin ist noch zu berücksichtigen, dass von *Chrestien's* Werken bis jetzt nur 3 (allerdings die bedeutendsten) in einer k r i t i s c h e n  A u s g a b e  v o n  *Wendelin Förster* erschienen sind :

1) Erec und Enide, Halle 1890.

2) Cligés, Halle 1884.

3) Der Löwenritter (Yvain), Halle 1887.

Diese 3 kritischen Ausgaben sind daher nachstehender Untersuchung, die einen B e i t r a g  z u r

---

*) A n m e r k u n g : Neuerdings jedoch scheint diese Frage ihrer Erledigung um ein Wesentliches näher gebracht zu sein in Rud. Müller's „Untersuchung über den Verfasser der altfranzösischen Dichtung Wilhelm v. England", Diss. Bonn 91. Aus der Betrachtung der Sprache, der Reime und des Stils hat er den Schluss gezogen, dass wir es hier mit einer durchaus *Chrestien'schen* Dichtung zu thun haben.

Charakteristik unseres Dichte**r**s liefern soll,
vorzugsweise zu Grunde gelegt worden ; doch sind natürlich hin und wieder auch die übrigen Werke herangezogen worden. Auf 2 lyrische Gedichte *Chrestiens*,
die einzigen, die ihm zugeschrieben werden dürfen
(s. *Förster*, kl. Cligés-Ausg. VIII, 1), ist ebenfalls gelegentlich bezug genommen :

I. Amors tençon et bataille (s. Holland's littera-
turgeschichtliche Untersuchung *Chrestien von Troyes*, ✓
Tübingen 1854, p. 228—231).

II. Joie ne guerredons d'amours (ebend. p. 233/4).

---

# I. Teil.

## Persönlichkeit Chrestiens von Troyes.

### A. Seine intellectuelle Bildung.

Hinsichtlich des äusseren Lebens unseres Dichters, „des hervorragendsten, den die altfranzösische
Kunstpoesie aufweist", ist zunächst auf die bereits
genannte Untersuchung Holland's (p. 1—14) hinzu-
weisen, ferner auf *G. Paris* Romania XII 1883 (p.
459—63) und Hist. Litt. XXX (p. 22—24) derselbe,
endlich auf *W. Förster* in seiner Einleitung zur kl.
Cligés-Ausgabe V—XII.

Wie schon hervorgehoben, konnten über des
Dichters Lebensverhältnisse im allgemeinen nur Ver-
mutungen an Stelle von Thatsachen (aus Mangel
an Quellen) ausgesprochen werden. Doch ist es
wenigstens möglich, in seinen Bildungskreis und Ent-
wicklungsgang einen gewissen Einblick zu gewinnen,
auf Grund verschiedener Belegstellen, von denen

Holland bereits eine kleine Anzahl ·gesammelt hat
(ebend. s. o).

Bekannt ist die Eingangsstelle aus Cligés, die
*Chrestien* als einen Freund und Kenner der Alten
kennzeichnet.

Cl. 27—35.

> Par les livres que nos avons
> Les fez des anciiens savons
> Et del siecle qui fu jadis —
> Ce nos ont nostre livre apris,
> Que Grece ot de chevalerie
> Le premier los et de clergie.
> Puis vint chevalerie a Rome
> Et de la clergie la some,
> Qui or est en France venue.

Für des Dichters Vertrautheit mit dem klas-
sischen Altertum sprechen seine vielfachen Anspielungen auf antike Helden und Sagen: Den Konflikt,
der zwischen Alexander und seinem Bruder Alis
(im Cligés-Roman) auszubrechen droht, vergleicht
*Chrestien* mit dem berühmten Bruderzwist zwischen
— Polynices und Eteocles (Cl. 2537—40). Mit diesen Helden ist er zweifelsohne aus dem R o m a n d e T h è b e s
(publié par Léopold Constans, Paris 1890) bekannt
geworden, dessen Erscheinen mit einiger Sicherheit
um 1150 anzusetzen ist, und zwar „e h e r v o r h e r
a l s n a c h h e r" (vgl. L. Constans, tome II p. 117/8).
Die um dieselbe Zeit entstandenen R o m a n e über
A l e x a n d e r u n d C a e s a r sind ihm ebenfalls
nicht fremd geblieben. Beide sind das Jdeal mittelalterlicher Helden von grosser Freigebigkeit. In derselben Auffassung begegnet uns ihre Erwähnung in
*Chrestien*'s Dichtungen: Er. 2269—70 und 6673—85.
Artus' Kriegsrüstungen übertreffen sogar die eines
Alexander oder Caesar (Cl. 6699—6701).

Wichtiger aber und daher von grösserem Interesse ist es, dass *Chrestien* das klassische Altertum aus
eigener Lektüre kannte. Seine besondere Vorliebe
für O v i d geht aus der im Eingange des Cligés er-
wähnten Bearbeitung der (verloren gegangenen) Ovidiana hervor. Ebendaselbst begegnen auch einige Anspielungen auf O v i d s M e t a m o r p h o s e n: Fenice in bezug auf ihre Schönheit vergleicht der Dichter mit dem sagenhaften Vogel Phönix (Cl. 2727—31
cf. Ov. met. 15, 392 sqq.), ferner Cligés mit Narcissus:
Cl. 2766—73.

> Plus esloit bians et avenanz
> Que Narcisus qui desoz l'orme
> Vit an la fontainne sa forme,
> Si l'oma tant, quant il la vit,
> Qu'il an fu morz si com an dit,
> Por tant qu'il ne la pot avoir.
> Mout ot biauté et po savoir;
> Mes Cligés an ot plus grant masse

(Vergl. Ov. met. 3, 339, sqq).

Der Vergleich von Thessala, Fenicens Amme,
mit der Zauberin Medea (Cl. 3029—31) ist allge-
meinerer Art (cf. Ov. met. 7, 9, sqq).

Ob nun *Chrestien* neben Ovid auch V e r g i l
gelesen habe, lässt sich wohl mit einiger Wahrscheinlichkeit vermuten, aber nicht mit Sicherheit behaupten. Folgende Stellen kommen in Betracht:

Die Schöne auf dem Silberbette im Zaubergar-
ten (Enidens Cousine) wird mit Lavinia verglichen
(Er. 5891—93). Von grösserer Bedeutung jedoch ist
die zweite Stelle: Auf dem Sattelbogen von Enidens
Zelter war in kunstvoller Arbeit die Geschichte des
Aeneas und seiner Liebe zu Dido dargestellt:

Er. 5337—46:

> Li arçon estoient d'ivoire,
> S'i fu antailliee l'estoire,

Comant Eneas virt de Troie,
Comant a Cartage a grant joie
Dido an son lit le reçut,
Comant Eneus la deçut,
Comant ele por lui s'ocist,
Comant Eneas puis conquist
Laurente et tote Lonbardie
Don il fu rois tote sa vie.

*W. Förster* (in seiner Erec-Ausgabe, Einl. p. VIII) spricht von Anspielungen auf den Aeneas - Roman. So lange jedoch die Abfassungszeit desselben (*G. Paris* meint um 1155, Rom. XX, p. 152, note 2) noch nicht fest ermittelt ist, liegt doch die Annahme der Entlehnung aus Vergil's Aeneide viel näher. Weshalb sollte *Chrestien* diesen im Mittelalter so beliebten Dichter nicht gelesen haben?*)

Die allgemein gehaltenen Anspielungen auf Paris und Helena (Cl. 5299—5301 und Er. 5343—45) sind Entlehnungen entweder aus Vergil oder sogar aus Ovid (Met. 12,601 und 13,200; Ov. rem. 457,573).

Auch mit einem spätrömischen Schriftsteller (aus dem 5. Jahrh. n. Chr.) ist *Chrestien* bekannt geworden.

Bei Beschreibung des für Erec bestimmten Krönungsmantels, in den vier Feen die Attribute der 4 Wissenschaften Geometrie, Arithmetik, Musik und Astronomie in goldenen Fäden eingewirkt haben**), beruft er sich auf die Gewährschaft des Macrobius, bei dem er alles, was er von dem kostbaren Gewande zu sagen wisse, gefunden habe (Er. 6736—43).

Lisant trovomes an l'estoire
La description de la robe,

---

*) Schon im Ovid hörte er von Aeneas und Dido (vgl. Heroides VII, 7—27); doch deckt sich die Stelle mit der obigen nicht.

**) Vgl. die allegorische Darstellung der Stufenleiter, eingewebt in das weisse Gewand einer hohen Frau, die dem Boëtius erschien,

Si an trai a garant Macrobe
Qui an descrire mist s'antante,
6740 Que l'an ne die que je mante.
Macrobes m'ansaingne a descrivre
Si con je l'ai trové el livre
L'uevre del drap et le portret.

Wenn nun auch in den uns erhaltenen Schriften des Macrobius nirgends von einem solchen Kleide die Rede ist, so darf man doch keineswegs schliessen: wie so häufig im Mittelalter, habe auch *Chrestien* mit gelehrten Quellenangaben nur geprunkt. Denn dieser Annahme steht der Gesamteindruck entgegen, den wir von seinem Bestreben, wahrheitsgetreu zu erzählen (vgl. p. 43—44), sowie überhaupt von seiner ganzen Persönlichkeit empfangen. Ueberdies ist zu berücksichtigen, dass die 7 Bücher der Saturnalien lückenhaft sind. In den Tischgesprächen wird ein buntes Allerlei von Gegenständen abgehandelt. Es ist also immerhin die Möglichkeit nicht ausgeschlossen, dass daselbst irgend eine Notiz über den vorliegenden Gegenstand einmal vorhanden war. Was nun die allegorisierende Darstellung des Quadriviums anbelangt, so macht *W. Förster* darauf aufmerksam (Erec-Ausgabe p. 333, Anm. zu v. 6735), *Chrestien* könne vielleicht „die Elemente zu seiner Beschreibung in Makrob's Commentar zu Ciceros Somnium Scipionis gefunden haben". Den einzigen Anhaltspunkt geben einige Anklänge an das, was dort über die 3 Dimensionen eines Körpers gesagt ist (Höhe, Breite und Länge (Lib. I p. 481/2*), ferner über die Stellung und Bewegung der Gestirne (I, 466). Man vergleiche *Chrestien's* Angaben über die Aufgabe der Geometrie:

---

*) Franc. Eyssenhardt recognovit Lipsiae 1868.

Er. 6747—54.

> Si com ele esgarde et mesure,
> Con li ciaus et la terre dure,
> Si que de rien nule n'i faut,
> Et puis le bas et puis le haut,
> Et puis le le et puis le lonc ;
> Et puis esgarde par selonc,
> Con la mers est lee et perfonde,
> Et si mesnre tot le monde,

In der Behandlung der Arithmetik, Musik und Astronomie treten die Spuren nicht hervor. Die Aufgabe der Arithmetik ist allzu naiv charakterisiert.

Er. 6761—65.

> Et l'eve de mer gote a gote (zählt sie),
> Et puis aprés l'arainne tote
> Et les estoiles tire a tire,
> — Bien an set la verité dire —
> Et quantes fuelles an boi: ꝛ.

Unter Astronomie, die er als die vornehmste aller Künste preist, versteht er die im Mittelalter in Ehren stehende Astrologie (Er. 6777—90). „Die ganze Vergangenheit und Zukunft geben uns Sonne, Mond und Sterne kund".

Etwas Positives lässt sich also nicht ermitteln. Jedenfalls sind die Entlehnungen recht unbestimmter Art und offenbar durch eigene Zuthaten, durch poetische Ausschmückung stark zersetzt.

Immerhin ist aus der ganzen Art und Weise, wie sich *Chrestien* eingehend (Er. 6746—90) über den Wert der Wissenschaften und ihre Eigenschaften verbreitet, sein Verständnis für dieselben und eine gewisse gelehrte Bildung zu erkennen.

Ziehen wir nun noch in Betracht, dass Anspielungen auf biblische Personen und Stellen nicht selten in seinen Dichtungen wiederkehren, so gewinnt die Vermutung, *Chrestien* sei vielleicht in einer Klosterschule herange-

bildet worden, gewiss einige Wahrscheinlichkeit. Im
*Cligès* begegnen wir einer Reminiscenz an die bekannte
Abschiedsscene im Buche *Ruth:*

Cl. 5429—31.

> Car se jel vuel, il me reviaut,
> Se je me duel, il se rediaut
> De ma dolor et de m'angoisse.

Ferner aus *Erec* 2266/7:

Bezüglich der Beredtheit seiner Zunge wird Erec
mit Salomon verglichen, in bezug auf sein Antlitz
mit Absalon.

Es sei auch noch erwähnt, dass der Dichter an
einer Stelle im Cligés auf den Apostel Paulus hinweist.
Es heisst daselbst: Durch Klugheit wenigstens solle
man Immoralität verbergen, damit man keinen Anstoss errege.

Cl. 5321—29.

> Mes le comandemant saint Pol
> Fet b u en *) garder et retenir.
> Qui chastes ne se viaut tenir,
> Sainz Pos a feire li ansaingne
> Si sa gemant, que il n'an praingne
> Ne cri ne blasme ne reproche.

Es ist wohl überflüssig, besonders zu betonen,
dass diese sonderbare Moral sich in dieser Fassung
wenigstens bei Paulus nicht findet. In *Förster's*
Cligés-Ausgabe (p. 349, Anm. 5324) ist auf 1 Cor
7, 9 und 10, 32 hingewiesen worden. Die zweite
Stelle scheint jedoch nicht so recht in den Zusammenhang zu passen, da 1 Cor. 10 (am Schluss
des Capitels) vom Verhältnis der Gläubigen zu den
Ungläubigen die Rede ist. Vielleicht liegt eine sich
im Gedächtnis *Chrestien's* u n b e w u s s t vollziehende
(aber k e i n e s w e g s d o l o s e, wie *Mangold* meint)

---

*) Vgl. Röm. 12, 9 und vielleicht auch Gal. 6, 9.

Combination der oben angeführten Stelle 1 C o r. 7, 9 und E p h e s e r 5, 15 zu Grunde. 1 C o r. 7, 9: „So sie aber sich nicht enthalten, so lass sie freien; es ist besser freien, denn Brunst leiden". Vgl. qui chastes ne se viaut tenir (Cl. 5326). Im 5. Epheser-Capitel warnt Paulus vor unzüchtigem Lebenswandel und ermahnt in V. 15: „So sehet nun zu, wie ihr vorsichtig wandelt, nicht als die Unweisen, sondern a l s d i e W e i s e n ". Vgl. Cl. 5327/9: Der heil. Paulus lehrt s i s a g e m a n t zu handeln, dass man keinen Anstoss errege. *)

Im Eingange des Perceval endlich rühmt *Chrestien* die Freigebigkeit seines Gönners Phil. v. Flandern mit Verweisung auf Ev. Matth. 6, 3.

> . . . . . ne saiche ta senestre
> Le bien, quant le fera ta destre.

Die Beispiele liessen sich vermehren.

Neben der gelehrten Bildung ist bei unserm Dichter das einheimische, das nationale Bildungs-Element keineswegs vernachlässigt. Die vielfachen Reminiscenzen, die hier in Betracht kommen, legen Zeugnis ab von seiner Vertrautheit mit den Heldengestalten, wie sie uns in den Karlsepen und den sonstigen Chansons de geste entgegentreten.

Ein lebendiges Bild hat *Chrestien* von der Rolandssage, sei es, dass er direkt auf dieselbe verweist, oder dass sich sonst Anklänge daran finden. Yvain verrichtet mit seinem Schwerte grössere Thaten als Roland mit Durandart:

---

*) Vgl. Si non caste, tamen caute, s. *Schamelius*, Lat Sprichwörter und Maximen, welche zum Ekel der Sünde oder gemeiner Irrtümer vorgeschützet werden. II. Band. p. 60.

Yv. 3295—97.

> Onques ne fist de Durandart
> Rolanz de Turs si grant essart
> An Roncesvaus ne an Espaingne!

Angrés de Guinesores, der Statthalter von England, ist treuloser als Guenelon (Cl. 1075—76).
Die einzelnen Beschreibungen der lehenspflich-
tigen Könige, die zur Feier der Hochzeit Erecs und
Enidens an den Hof Artus' kommen, erinnern sehr
an ähnliche im Rolandslied und iu andern Helden-
gedichten *):

Er. 1947 fg.

> Li sire de l'Isle de Voirre;
> An cele Isle n'ot l'an tonoirre
> Ne n'i chiet foudre ne tanpeste,
> Ne boz ne serpanz n'i arcste
> N'il n'i fet trop chaut ne n'iverne.

Er. 1975 fg.

> Vint li rois Bans de Gomeret,
> Et tuit furent juene vaslet
> Cil qui ansanble o lui estoient,
> Ne barbe ne grenon n'avoient.

Er. 1985 fg.

> Kerrins li viauz rois de Riël
> N'i amena nul jovancel,
> Einz ot teus conpaignons troiz çanz,
> Don li mains nez ot set vinz anz.

Er. 1993 fg.

> Li sire des nains vint aprés,
> Bilis, li rois d'Antipodés.
> Cil rois don je vos di fu nains
> Et fu Briën frere germains.
> De toz nains fu Bilis li maindre,
> Et Briëns, ses frere, fu graindre
> Ou demi pié ou plainne paume
> Que nus chevaliers del reaume.

Cf. noch Cl. 6704: Et toz çans jusqu'as porz
d'Espaingne. Die Namenliste der Helden der Tafel-

---

*) Vgl. *Förster's* Erec-Ausgabe p. 312, Anm. zu v. 1947.

runde im Er. v. 1691—1750 ist gleichfalls eine direkte
Nachahmung der chansons de geste, vgl. *Erec*, ed.
*Förster* p. 310 Anm.

Er. 5774—79: Hinweis auf berühmte Kämpfer
bei einer besonders Grausen erregenden Erscheinung,
die selbst jenen Furcht einflössen müsste.

Als *Chrestien* seine Laufbahn begann, hatte man
sich bereits den antiken Helden zugewendet, in denen
jedoch die damalige Welt nur ihr eigenes Spiegelbild
sah (cf. p. 8). Unser Dichter trat mitten in diese
neue Bewegung ein und „wagte seinen ersten Flug"
mit der Bearbeitung der Ovidiana *), wie man allerdings nur vermuten darf. Es ist dies aber eine Annahme, die grosse Wahrscheinlichkeit für sich hat.
Denn mit diesem Werke blieb er in der Zeitström-
ung **), was bei einem Anfänger eigentlich sich von
selbst versteht. Diese schon von *W. Förster* geltend
gemachten inneren Gründe sind, wie ich glaube,
stichhaltig genug, um die Vermutung von *G. Paris*
zurückzuweisen, der geneigt ist, den Tristan-
Roman für das Erstlingswerk *Chrestien's* zu
halten (auf Grund einer kurzen Anspielung in Phi-
lomena: Plus sot de joie et de deport/Que Apoloines
ne Tristans ***). Vgl. Hist. litt. XXIX. p. 483 und
Rom. XX. p. 151). Hätte überdies *Chrestien* der
freien Bearbeitung eines so populären Stoffes, wie
der Tristan war (mit dem er auch einen grossen
Erfolg erzielt haben muss [vgl. p. 19]), eine blosse

---

*) Vgl. *Förster*, kl. Cligés-Ausgabe, Einl. p. IX.
**) Ebend. XI.
***) Dieser Hinweis kann sich nur auf die Tristan Bearbeit-
ung des Bérol beziehen.

Nachahmung Ovids folgen lassen, so wäre dies einerseits ein offenbarer Rückgang gewesen, anstatt einer
Fortentwicklung; andererseits hätte er in dieser Reihenfolge wohl kaum seinen Ruhm gesteigert (cf. den
Ausdruck des Selbstgefühls im Erec p. 19), da
für *Chrestien's* Zeit vielleicht dasselbe gilt, was J.
Grimm für die etwas spätere Zeit (1210) Albrechts
von Halberstadt sagt: dass nämlich dessen „Zeitalter
den Ovid wahrscheinlich nicht rittermässig und höf-
isch genug fand, um ihm Beifall zu schenken" (s.
Holland's *Chrestien* p. 35). Wie sehr nun gerade
*Chrestien* den Geschmack seines Hörerkreises zu treffen
suchte, werden wir später noch Gelegenheit nehmen
besonders zu besprechen (p. 41 ff.)

Hatte *Chrestien* die Aufmerksamkeit auf sich
gelenkt, so durfte er es wagen, sich neuem Stoffe zu-
zuwenden. Derselbe begegnete ihm in den durch
fahrende Sänger gepriesenen Thaten britischer Helden.
Hier fand er zunächst den Stoff zu seinem Tristan,
dessen chronologische Bestimmung gegenüber dem
Erec wir *G. Paris* verdanken (Rom. XII, p. 462).

Aus der oft citierten Eingangsstelle des Cligés
wissen wir, welche Werke diesem Roman vorangegangen sind: ausser der Ovidiana noch Tristan
und Erec.

CL 1—8:

> Cil qui fist d'Erec et d'Enide,
> Et les comandemanz Ovide
> Et l'art d'amors an romanz mist
> Et le mors de l'espaule fist,
> Del roi Marc et d'Iseut la blonde,
> Et de la hupe et de l'aronde
> Et del rossignol la muance,
> Un novel conte recomance

Die Auordnung der Werke ist hier natürlich
keine chronologische, sondern lediglich vom Reime
diktirt. *G. Paris* führt aus, dass der Zeit nach Erec
dem Tristan folgen muss, was aus einigen im Erec
enthaltenen, auf den Tristan-Roman hinweisenden
Stellen wohl geschlossen werden könne:
Erec's Freude über die Besiegung seines gefähr-
lichen Gegners Yder, Nuts Sohn, vergleicht der Dichter
mit derjenigen Tristans, als dieser auf der Insel St.
Sanson den stolzen Morhot niederwarf.

Er. 1247—50.

> Onques ce cuit, tel joie n'ot
> Lo ou Tristanz le fier Morhot
> Au l'isle saint Sanson vainqui,
> Con l'au feisoit d'Erec iqui.

Ein solcher Vergleich hätte keinen Sinn,
wenn nicht der Tristan ein *Chrestien*'s Hörern bekannter Stoff wäre. Damit wird auch wohl der leise
Einwand *Förster's*, *Chrestien* könne ebensogut „sein
Tristanmaterial für den nächsten in Vorbereitung
befindlichen Roman sich zurecht gemacht haben"
(s. Erec.-Ausg. Einl. VIII), beseitigt sein. Aber ein
anderer Einwand wäre möglich: die Anspielungen
auf Tristan könnten sich auf die Bérol-Dichtung beziehen. Dem gegenüber halten allerdings die beiden
Anspielungen auf Isolde (Er. 424/5 und 4944) nicht
Stand, weil viel zu allgemein gehalten. Auch der
Hinweis auf den Betrug Isoldens, deren Platz in
der Brautnacht Brangien dem Könige Marc gegenüber einnimmt (Er. 2075—77), könnte auf jene ältere
Bearbeitung des Tristan Bezug nehmen, kommt deswegen als beweisendes Moment ebensowenig in betracht.

Ganz anders aber ist es mit jenem Vergleich,
wonach der Hörer sich ein Bild von Erecs gewalt-

iger Freude machen soll. Jene Begebenheit der Besiegung des stolzen Morhot auf der Insel Sanson ist
kein Hauptmoment der Tristan-Sage; also wäre
die kurze Anspielung auf die in einer fremden
Dichtung ausgeführte Einzelheit kaum wirksam
genug, den an dieser Stelle besonders gewünschten
Eindruck hervorzurufen. Somit konnte *Chrestien* nur
auf seine eigene Tristan-Dichtung Bezug nehmen,
von der er wohl eher voraussetzen durfte, dass der
blosse Hinweis genügte, um auch die näheren
Umstände dem Hörer wieder in lebendige Erinner-
ung zu bringen. Desshalb halte ich die von *G. Paris*
vertretene Ansicht für mehr als wahrscheinlich, dass
unser Dichter bei der Abfassung des Erec „den Kopf
noch voll hatte" von dem eben abgeschlossenen Tristan. So auch nur können wir erst das an Prahlerei
grenzende Selbstgefühl *Chrestien's* im Eingange zu
seinem Erec wenigstens begreifen.

Er. 23—26:

Des or comanceral l'estoire
Qui toz jors mes iert an memoire
Tant con durra crestiantez.
De ce s'est *Crestiiens* vantez.

Offenbar können diese Worte nur Sinn haben
für eine Zeit, wo *Chrestien's* Ansehen und Ruhm bereits begründet waren. Dazu hätten die Ars amandi
und die Metamorphosen-Episoden schwerlich ausge-
reicht, die alsdann dem Erec allein vorangegangen
wären; dazu gehörte auch ganz besonders der Tristan, der den Dichter erst recht bekannt und beliebt
gemacht haben muss und ihm zu jenem Ausdrucke
seines übertriebenen Selbstbewusstseins Veranlassung
gab. (s. *Förster's* Erec Anm. p. 298, v. 24).

Durchschlagenden Erfolg und wirklichen Ruhm
erntete aber *Chrestien* wohl erst, als er mit dem
sagenhaften und geheimnisvollen Wesen des K ö n i g s
A r t u s u n d s e i n e r T a f e l r u n d e bekannt wurde,\*)
den er fortan zum Mittelpunkte seines Schaffens
machte und in dessen Kreis er sogar byzantinische
Helden zog. So entstand E r e c und E n i d e, später
C l i g é s. Die chronologische Reihenfolge der übrigen
Artus-Romane L a n c e l o t, Y v a i n, P e r c e v a l ist leich-
ter zu bestimmen : Im Yvain wird an 3 Stellen\*\*) auf den
Karrenritter Bezug genommen, von denen 2 im
wesentlichen dasselbe enthalten (Raub der Genievre):

Yv. 3706—15 :

>Mes la reïne an a menee
>Uns chevaliers, ce me dist l'an,
>Don li rois üst que fors del sau
>Quant aprés lui l'an anvoia.
>Je cuit que Keus la convoia
>Jusqu'au chevalier qui l'an mainne,
>S'an est antrez an mout grant painne
>Mes sire Gauvains qui la quiert.
>Ja mes nul jor a sejor n'iert
>Jusqu'a tant qu'il l'avra trovee.

Ferner Yv. 3918—27 :

>Mes la fame le roi an mainne
>Uns chevaliers d'estrange terre,
>Qui a la cort l'ala requerre.
>Neporquant ja ne l'an eüst
>Menee por rien qu'il seüst,
>Ne fust Keus qui anbricona
>Le roi tant que il li bailla
>La reïne et mist an sa garde.
>Cil fu fos et cele musarde
>Qui an son conduit se fia

---

\*) Ob ihm das Verdienst zuzuschreiben ist, den Artus-Ro-
man als der erste in die franz. Litteratur eingeführt zu haben, lassen
wir dahingestellt.

\*\*) s. Förster, Yvain p. 312 und 318.

Die 3. Stelle spielt auf die Befreiung der
Königin und Lancelots Gefangenschaft an: in
der Weise, dass die Handlung des Lancelot in die
des Yvain eingreift. Da nämlich ausser Lancelot
sich auch Gauvain auf die Suche nach dem Räuber
seiner Königin begeben hat, suchen die Bedrängten
im Löwenritter natürlich Gauvain vergebens am Hofe
des Königs Artus. Daraus ist die äusserliche Zu-
sammengehörigkeit beider Romane zu folgern, und
zwar muss der Karrenritter vorangegangen sein.
(Vgl. *Förster*, kl. Yvain-Ausgabe, Halle 1891, Einl. p. 1.
Jene Stelle lautet Yv. 4740—45:

> S'avoit tierz jor que la reïne
> Estoit de la prison venue
> On Maleaganz l'ot tenue
> Et trestuit li autre prison,
> Et Lanceloz par traïson
> Estoit remés dedanz la tor.

Was schliesslich den Perceval anbelangt, so ist
es der Tod gewesen, der die Vollendung desselben
verhindert hat. Vergleiche die diesbezügliche Stelle
bei Gerbert, einem Fortsetzer *Chrestien*'s (Perceval
le Gallois ou le Conte du Graal publié par Ch.
Potvin. Mons 1866—71. Tome VI. p. 212):

> Ce nous dist *Crestiens de Troie*,
> Qui de Percheval comaucha,
> Mais la mors, qui l'adevancha,
> Ne li laissa pas traire affin,

Wo die Legende: Wilhelm v. England einzu-
reihen wäre (am wahrscheinlichsten zwischen Yvain
und Perceval), kann nicht entschieden werden.

Hatte *Chrestien*, als Schöpfer des höfischen Kunst-
romans, durch seine Dichtungen im Sagenkreise des
Königs Artus den Anstoss zu einer litterarischen Bewegung gegeben, so war er nicht minder epoche-
machend für Nord-Frankreich durch die Einführung

der lyrischen Kunst daselbst. *G. Paris* (Rom. XII, 522) erklärt ihn für „einen der ersten — vielleicht den ersten qui ait imité en langue d'oïl la poésie lyrique de la langue d'oc." Es sind uns allerdings nur 2 Lieder erhalten geblieben; man darf aber wohl vermuten, dass dieselben in Anbetracht der sonstigen Productivität unseres Dichters nur einen [kleinen Teil in einem reichen Schatze bilden.

## B. Seine Moral, Lebens- und Weltanschauung.

*Chrestien* tritt uns in seinen Werken als ein für das Ideale begeisterter Dichter entgegen, dessen edle Gesinnung sich nirgends verleugnet, von einigen Schwächen abgesehen, welche die Gesamtbeurteilung *Chrestien's* im wesentlichen nicht weiter beeinträchtigen können.

In einer Fülle von Sentenzen, sprüchwörtlichen Redensarten und sonstigen Betrachtungen *) gewährt er uns oft einen Einblick in sein Wesen. Doch

---

*) Es ist auffallend, dass Settegast (Hartmanns Yvain, verglichen mit seiner altfrz. Quelle) pag. 26 alles dieses *Chrestien* abspricht. „Es trete zwar Neigung zur Reflexion auch in *Chrestien's* Chevalier au Lyon hervor (von den übrigen Werken spricht er nicht), wie sie ja der ganzen mittelalterlichen Kunstepik, im Gegensatz zu der Objektivität und Einfachheit des Volksepos, eignet : man vergleiche jedoch *Chrestien's* Betrachtungen mit denen Hartmann's und man wird erkennen, dass in Reichtum und Tiefe der Betrachtungen sich *Chrestien* mit Hartmann a u c h n i c h t e n t - f e r n t messen kann." Einen gewissen Unterschied zu Gunsten Hartmann's wird man wohl gern zugeben, aber nicht eine solche Kluft. Kurz vorher (pag. 25) sagt Settegast: „*Chrestien's* Poesie will l e d i g l i c h unterhalten, die Hartmann'sche zugleich auch lehren und bessern".

Die in diesem und dem folgenden Abschnitte gebrachten Citate mögen darthun, welches Unrecht mit einer solchen Ansicht unserm Dichter *Chrestien* geschieht.

kommt es in der Beurteilung derselben sehr darauf
an, zu unterscheiden zwischen dem, was lediglich
die Zeit *Chrestien's* (oder auch nur seine Helden)
charakterisiert und charakterisieren soll, und dem,
was ihn selbst kennzeichnet, also: d a s A l l g e m e i n e
v o n d e m P e r s ö n l i c h e n zu trennen.

1) Zu einer Zeit, da das Rittertum in höchster
Blüte stand, wird sich in *Chrestien's* Aussprüchen
über r i t t e r l i c h e s Le b e n u n d h ö f i s c h e s W e s e n
ganz besonders sein Charakter widerspiegeln: Einen
tapferen Ritter muss man lieben:

Yv. 3210/11:

Mout doit an amer et cherir
Un prodome, quant an le trueve.

Von allen ritterlichen Tugenden preist er die
Freigebigkeit als die edelste; er nennt sie „la dame
et reïne qui totes vertuz anlumine". Beim Abschiede
Alexanders von seinem Vater ermahnt ihn letzterer:

Cl. 184: „Mes gardez que mout soiiez larges"
und verherrlicht die largesce in einer langen Tirade.
Sie macht aus dem Menschen etwas so Hohes, wie
es keine der übrigen Tugenden, noch sonst ein Vorzug vermag, selbst nicht die h a u t e s c e oder
c o r t e i s i e. „Wer Freigebigkeit besitzt, für den
sind andere Tugenden kaum noch ein Lob"
(Cl. 193 — 217). Jene Ermahnungen sind auf
keinen unfruchtbaren Boden gefallen. Als der Jüng-
ling an den Hof des Königs Artus kommt, erregt er
durch seine largesce die Bewunderung des ganzen
Hofes und erwirbt sich vor allem durch diese Tugend
die Liebe des Königs, der Königin und der Barone
(Cl. 411—21).

Man hat *Chrestien* vorgeworfen, dass ihm ein
tieferes F r e u n d s c h a f t s g e f ü h l abgehe, und dass

er in folge dessen die Freundschaft nur „als lustige
Waffenbrüderschaft" darstelle \*). Dagegen scheint
doch die Uneigennützigkeit und Selbstverleugnung
Alexanders zu sprechen, mit welcher er den ihm für
seine Heldenthaten gewordenen Ehrenpreis seinem
Freunde Gauvain abtreten will.

Cl. 2234—36:

> La cope prant et par franchise
> Prie mon seignor Gauvain tant
> Que de lui cele cope prant.

Dagegen spricht ferner der edle Wettstreit
zwischen Yvain und Gauvain, die sich beide für besiegt erklären, und von denen der eine dem andern
die grössten Opfer bringen will: Yv. 6289—6364. Ist
dies nicht echte Freundschaft?

War die Freigebigkeit die schönste Tugend, so
Verrat das schändlichste Verbrechen:

Cl. 1709—10:

> Car traïtor et traïson
> Het Deus plus qu'autre mesprison.

„Deshalb", meint der Dichter, „sei der Mond
eher in jener Nacht aufgegangen, weil Gott die Ver-
räter vernichten wolle": Cl. 1700—12.

In scharfen Worten geht der Dichter gegen die
Auswüchse der proesce vor: die Prahlerei, deren
Inneres meistens sehr hohl sei im Vergleich zur viel-
verheissenden Aussenseite.

Prahlerei macht sich am häufigsten breit beim
vollen Becher Weines:

Yv. 592/3:

> Plus a paroles an plain pot
> De vin qu'an un mui de cervoise;

---

\*) s. W. Scherer, Gesch. der deutschen Litt. (4 Aufl.) p. 162;
dsgl. Settegast in obiger Schrift. pag. 29.

oder nach genossener Mahlzeit :

Yv. 595/6:

> Aprés mangier sanz remuër
> Va chascuns Noradin tuër.

Eine gesättigte Katze wird üppig:

Yv. 594:

> L'an dit que chaz saous s'anvoise.

Auf prahlerisches Drohen erwidert Erec:

Er. 4434—36:

> Se li ciaus chiet et terre font,
> Donc sera prise mainte aloe.
> Teus vaut petit, qui mout se loe.

Dsgl. bei einer anderen Gelegenheit:

Er. 5923—2S:

> Qu'an menacier n'a nul savoir.
> Savez por quoi? Teus cuide avoir
> Le jeu joé, qui puis le pert.
> Et por c'est fos tot an apert
> Qui trop cuide et qui trop menace.
> S'est qui fuie, assez est qui chace.

Mit grosser Vorliebe behandelt *Chrestien* das
Thema des Verliegens, des thatenlosenLebens in den
Fesseln der Liebe. Gauvain predigt in seinen Er-
mahnungen an Yvain :

Yv. 2487—88:

> Honiz soit de sainte Marie,
> Qui por anpirier se marie.

Yv. 2507:

> Assez songe qui ne se muet.

Aehnlich Yv. 5095/6 :

> . . . . . . . . de reposer
> Ne se puet nus hom aloser.

Dem nach Thaten und Ruhm dürstenden Alexander legt der Dichter folgende Worte in den Mund:

Cl. 154—160:

> Maint haut home par lor peresce
> Perdent grant los, que il porroient
> Avoir, se par le monde erroient.
> Ne s'acordent pas bien ansanble

Repos et los si con moi sanble;
Car de rien nule ne s'alose
Riches hon qui toz jorz repose.

Wie es thöricht ist, Unmögliches erzwingen zu
wollen (Er. 231 Folie n'est pas Vasselages), ebenso
feige wäre es umgekehrt, F u r c h t zu zeigen.

Yv. 998:
N'est mie prodon qui trop dote.

Cl. 161/2:
Proesce est fes a mauvés home
Et a preuz est mauvestiez some.

Mit Bezugnahme auf die Untergebenen der
Laudine sagt die Zofe:

Yv. 1865—68:
Car qui peor a de son onbre,
S'il puet, volantiers se desconbre
D'ancontre de lance et de dart;
Car c'est mauvés jeus a coart.

2) Auch der p r a k t i s c h e n S e i t e d e s
L e b e n s ist *Chrestien* nicht fremd geblieben. Er ver-
fügt über einen Schatz von Erfahrungen,
die ein beredtes Zeugnis von seiner Lebensklugheit
und zugleich von seiner optimistischen Weltanschauung ablegen.

Goldene Worte spricht er im Prolog zu
Perceval: Bibliographie de *Chrestien de Troyes* par
Ch. Potvin (Manuscrit de *Paris* No. 12577 p. 21):

v. 1—6:
Qui petit seime petit queult,
Et qui auques recueillir veult
En tel liu sa semence espande
Que faire à cent dobles *) li rande;
Car en terre qui riens ne vaut,
Bonne semence et sèche et faut.

---

*) V a r i a n t e : Que fruit à uent doble li rande . . . ms.
No, 794.

Die T h o r h e i t e n der Menschen geisselt *Chrestien*
mit besonderer Vorliebe. Einem Thoren schlägt
manches Vorhaben fehl:

Er. 2942:

> Mout remaint de ce que fos panse

Er. 2943:

> Et teus cuide prandre qui faut.

Dagegen Yv. 1325/6:

> Li sages son fol pansé cuevre
> Et met s'il puet le bien a oevre.

Thörichte Reden sind bald gesprochen:

Er. 5919/20:

> . . . . dire puet l'an
> Folie aussi tost come san.

Daher ist Schweigen oft besser als Reden:

Er. 4628/9:

> Einz taisirs a home ne nut,
> Mes parlers nuist mainte foiiee

Sein G l ü c k soll man s c h n e l l e r g r e i f e n,
ohne langes Zögern.

Cl. 637—39:

> Fos est qui sant anfermeté,
> S'il ne quiert, par quoi et santé,
> Se il la puet trover nul leu.

Yv. 2135/6:

> Car mout est fos qui se demore
> De son preu feire une sole ore.

Ist man im Besitze des Lebensglücks, so soll
man aber dasselbe nicht auskosten, sondern es sich
d u r c h m ä s s i g e n Genuss versüssen.

Yv. 2515—18:

> Biens adoucist par delaiier,
> Et plus est buens a essaiier
> Uns petiz biens que l'an delaie
> Qu' uns granz que l'an adés essaie.

Das Glück weiss jedoch erst derjenige recht zu
schätzen, der Uebles erfahren hat:

Er. 2610:

> Ne set qu'est biens qui mal n'essaie.

Mancher, der das Glück sucht, wirft sich dem Unglück in die Arme (mit Hinweis auf das Schicksal, das die Absichten der Menschen leicht durchkreuzt).

Yo. 2587/8 :

Mes teus cuide mout tost venir.
Qui ne set qu'est a avenir.

Yv. 3120/1 :

Tele hore cuide an desirrer
Son bien, qu'an desirre son mal.

Es tritt also oft das Gegenteil ein von dem, was man erwartet.

Cl. 640—42 :

Mes teus cuide feire son preu
Et porquerre ce que il viaut,
Qui porchace don il se diaut.

Cl. 2931/2 :

Mes teus cuide, se il li loist,
Vangier sa honte, qui l'acroist.

Zu einem Unglück soll man nicht ein zweites hinzufügen.

Yv. 3129—30 :

Car ce seroit trop vilains jeus
Qui feroit d'un domage deus.

Ferner von 2 Uebeln soll man dass kleinere wählen.

Cl. 4142/3 :

De deus maus, quant feire l'estuet,
Doit an le mains mauvés eslire.

In bezug auf selbstverschuldetes Unglück legt *Chrestien* das bekannte Sprichwort:

Er. 2588 : „Tant grate chievre que mal gist" der Enide in den Mund, die durch ihr verhängnisvolles Wort ihr eignes Unglück herbeigeführt hat.

Yv. 3542—45 :

Quit pert la joie et le solas
Par son mesfet et par son tort,

Mout se doit bien haïr de mort.
Haïr et ocirre se doit.

Yv. 3561/2:

    Et qui ce pert par son mesfet,
    N'est droiz que buene avanture et.

Umgekehrt büsst mancher oft die Fehler anderer und muss unschuldig leiden.

Cl. 558/9:

    Sovant conpere autrui pechié
    Teus qui n'i a coupe ne tort.

Ueber Schmerz, Dauer und Berechtigung desselben verbreitet sich *Chrestien* sehr eingehend. Hier besonders bekundet er sich als feinen Beobachter der Kreise, in denen er lebte. Zwischen wahrem Schmerz und bloss äusserer Kundgebung von Trauer zieht er eine scharfe Grenze.

Er. 5831/2:

    Car diaus que l'an face de boche,
    Ne grieve rien, s'au cuer n'atoche.

Einem dauernden Schmerze sich hinzugeben erklärt *Chrestien* mit Recht für zwecklos :

Er. 4795:

    Morz hon por duel ne revit.

Dies kann sogar als Feigheit ausgelegt werden:

Cl. 2627—30:

    Car toz diaus covient trespasser,
    Totes choses covient lasser.
    Mauvés est diaus a maintenir,
    Que nus biens n'an puet avenir.

Keineswegs aber geziemt sich längere Trauer für eine höher stehende Persönlichkeit, da dieselbe sonst ihren Pflichten sich entzieht:

Yv. 1670/1:

    A si haute dame ne monte
    Que duel si longuemant maintaingne.

Er. 6526/7:

    Mes diaus de roi n'est mie janz,
    N'a roi n'avient qu'il face duel.

Dieser Ausspruch kann sich natürlich nur auf
die äussere Kundgebung des Schmerzes beziehen,
die sich für einen König nicht gezieme, nicht etwa
auf den Schmerz selbst, noch dazu in diesem Zusammenhang, wo es sich um den Tod von Erec's
Vater handelt. Dies bestätigen auch die Verse kurz
zuvor:

Er. 6524—25:
> Erec an pesa plus assez
> Qu'il ne mostra sanblant as janz.

Im Ertragen des Schmerzes zeigt sich der
Schwache oft widerstandsfähiger als der Starke.
Die Macht der Gewohnheit giebt hier den Ausschlag.

Yv. 3578—85:
> Tant con li hon a plus apris
> A delit et a joie vivre,
> Plus le desvoie et plus l'enivre
> Diaus, quant il l'a, que un autre home;
> Uns foibles hon porte la some
> Par us et par acostumance,
> Qu'uns autre de greignor puissance
> Ne porteroit por nule rien.

Schliesslich ist die Freude doch immer das
stärkere Element und gewinnt stets wieder die Ober-
hand über den Schmerz.

Yv. 457/8:
> Car joie, s'onques la conui,
> Fet tost obliër grant enui.

Er. 4184:
> Mes la joie le duel estaint.

Umgekehrt Cl. 3984:
> Qu'aprés joie duel an atant.

Ein sehr wahres Wort ist gegen die O b e r f l ä c h -
l i c h k e i t d e r M e n s c h e n i n i h r e n U r t e i l e n ge-
richtet, ein Ausspruch, der zugleich für die Gründlichkeit
und Gewissenhaftigkeit seines eigenen Urteils spricht;

Manches wird verachtet, das viel besser ist, als man glaubt:

Er. 1—3:

> Li vilains dit an son respit
> Que tel chose a l'an an despit,
> Qui mout vaut miauz que l'an ne cuide.

Er empfiehlt daher gewissenhafteres Studium des Guten und Wahren, damit man nichts Wichtiges übergehe:

Er. 4—8:

> Por ce fet bien qui son estuide
> Atorne a bien, quel que il l'et;
> Car qui son estuide antrelet,
> Tost i puet tel chose teisir,
> Qui mout vandroit puis a pleisir.

Yv. 2163:

> Miauz me vient teire que po dire.

Bloss oberflächliche Aufmerksamkeit, die sich die Dinge nicht zu Herzen nimmt, verurteilt *Chrestien* mit gleicher Entschiedenheit:

Yv. 151/2:

> Car parole oïe est perdue,
> S'ele n'est de cuer antandue.

Die Lebensklugheit des Dichters verrät sich ganz besonders in folgendem Ausspruch:

Er. 1225:

> Qui croit consoil, n'est mie fos.

Schlechte Ratgeber dagegen richten grosses Unheil an:

Cl. 2635—39:

> Meis il n'a cort an tot le monde,
> Qui de mauvés consoil soit monde.
> Par les maurés consauz qu'il croient
> Li baron sovant se desvoient
> Si que leauté ne maintienent.

Wer Ratschläge giebt, muss sie in erster Linie selbst befolgen;

Yv. 2533—34:

> Mes teus consoille bien autrui,
> Qui ne savroit conseillier lui.

Eifriges Zureden hat stets den gewünschten Erfolg:

Yv. 2146/7:

> Li chevaus qui ne va pas lant
> S'efforce, quant an l'esperone.

Der gerade Weg führt am schnellsten zum Ziele:

Er. 5577/8:

> Car qui tost va la droite voie,
> Passe celui qui se desvoie,

Er. 5582/3:

> Por ce ne vuel feire demore,
> Se trover puis voie plus droite.

Wer über seine Kräfte hinausstrebt, erreicht das Gegenteil von dem, was er will.

Er. 5011/12:

> Qui plus viaut corre qu'il ne puet,
> Recroire ou reposer l'estuet.

Schmähungen gegenüber handelt derjenige am klügsten, der sich mit den Schmähern nicht weiter einlässt.

„Ich will nicht als der Hund erscheinen, der sich sträubt und üble Laune bekommt, wenn ein anderer Hund ihn angrinst." (Yv. 641—48). Von einem schmähsüchtigen Menschen kann man nichts Gutes erwarten: „Er schmäht ebenso, wie der Mist stinkt, die Viehbremse sticht und die Hummel summt.

Yv. 116—118:

> Toz jorz doit puïr li fumiers        .
> Et taons poindre et maloz bruire,
> Enuieus enuiier et nuire.

Scharf geisselt *Chrestien* das Geckentum, das bestrebt ist, Harmlosigkeiten zu verzerren und das freundliche Wesen einer Dame übel zu deuten.

Yv. 2456—63:

> Que tes fos i a, cui il sanble,
> Que d'amor vaingnent li atret
> Et li sanblant qu'ele lor fet.
> Et cez puet l'an nices clamer,
> Qui cuident qu'an les vuelle amer,
> Quant une dame est si cortoise,
> Qu 'a un maleüreus adoise,
> Si li fet joie et si l'acole.

3. Ein begeisterter Anhänger des Minnedienstes, verbreitet sich *Chrestien* nun aber auch gern über Liebe und Liebesvorschriften:

Treuer Liebesdienst wird nicht immer belohnt:

Lyr. III. 1—4 (Holland p. 233):

> Joie ne guerredons d'amours
> Ne vienent pas par bel servir ;
> Car on voit chaus souvent faillir,
> Ki servent sans changier ailloure . . .

Liebes Leid und Lust, ebend. 8—11:

> Voirs est, c'amours est grans douçours,
> Quant doi cuer sont un sans partir ;
> Mais amours fait l'un seul languir
> Et les anuis sentir tous jours.

Cl. 3101—3105:

> Car tuit autre mal sont amer
> Fors seul celui qui vient d'amer;
> Mes cil retorne s'amartume
> An douçor et an soatume
> Et sovant retorne a contreire.

In gewissem Sinne warnt *Chrestien* vor Amor. Mit Amor ist ein gefährliches Spiel; man muss deswegen auf seiner Hut sein.

Cl. 2280/1:

> Amors est pire que haïne,
> Qui son ami grieve et confont.

Cl. 674/5:

> Fos est qui devers lui se met,
> Qu'il viaut toz jorz grever les suens.

Cl. 2284:

> An Amor a mout greveuse oevre

Cl. 2302/3:

> Or vos lo que ja ne queroiz
> Force ne volanté d'amor.

Man soll also die Liebe nicht mit Willen hervorrufen, aber ebenso wenig gewaltsam niederkämpfen.
Dass letzteres geschieht, bedauert *Chrestien* sehr. Einen
solchen Arzt, der die Liebeswunde zu heilen versteht,
nennt er treulos:

Yv. 5385/6:

> N'est droiz que nus garir an puisse
> Tant que desleauté i truisse.

Der Entschluss, sich in die Gewalt Amors zu
begeben, fällt besonders schwer.

Cl. 2288/9:

> L'an dit que il n'i a si grief
> Au trespasser come le suel.

Allein Cl. 3893/1:

> Amors sanz crieme et sanz peor
> Est feus sanz flame et sanz chalor,

Cl. 685:

> Fos est qui son mestre desdaingne.

Yv. 1444—46:

> Qui Amor an gre ne requiaut
> Des que ele antor lui se tret,
> Felenie et traïson fet.

Wer seinen Herrn nicht fürchtet, achtet ihn auch
auch nicht.

Cl. 3879—83:

> Serjanz qui son seignor ne dote
> Ne doit remenoir an sa rote
> Ne ne doit feire son servise.
> Seignor ne crient, qui ne le prise,
> Et qui nel prise, ne l'a chier.

Cl 3889—92:

> Et qui a Amor se comande,
> Son mestre et son seignor an fet,
> S'est droiz qu'an reverance l'et
> Et mout le crieme et mout l'enort,
> S'il viaut bien estre de sa cort.

Wer also sich in den Dienst Amors stellt, wer
lieben will, muss ihn fürchten:

Cl. 3901 :

> Qui amer viaut, doter l'estuet.

4. Chrestien's Vorstellung von Gott ist die alttestamentlich naive:

Für ihn ist Gott ein in seinem Wirkungskreise an die menschliche Sphäre gebundenes, persönliches Wesen, ohne jede Verflüchtigung ins Metaphysische. *Chrestien* macht ihn zum Urheber der Wettererscheinungen, sowie überhaupt aller Vorgänge in der Natur. Ein bezeichnendes Beispiel:

Cl. 1701--5 :

> Comança la lune a lever,
> Et je cuit que por aus grever
> Leva einz qu'ele ne soloit,
> Et Deus qui uuire lor voloit
> Anlumina la nuit oscure.

*Chrestien* sagt von Gott, er sei so geduldig, dass er sich sogar Uebergriffe von seiten des Todes gefallen lasse.

Cl. 5803—5 :

> Trop est Deus de grant paciance,
> Quant il te suefre avoir poissauce
> Des soes choses despecier.

In schwierigen Situationen lässt *Chrestien* den lieben Gott in seiner Barmherzigkeit in die Handlung eingreifen (als deus ex machina). In dem Augenblick, da Enide sich im Schmerze über den vermeintlichen Tod ihres Gatten das Leben nehmen will:

Er. 4670/1 :

> Deus la fist un po retarder
> Qui plains est de misericorde.

Er. 4678 :

> Deus ne la vost mie obliẽr.

Jener naiven Anschauung von Gottes Wesen
entspricht auch ein durchaus festes Gottvertrauen *):

Yv. 4332—35 :

> Mes buene fiance an lui a
> Que Deus et droiz li elderont
> Qui a sa partie seront:
> An ces conpaignons mout se fie

(im Gotteskampfe, den Yvain als Verteidiger der
Unschuld der Lunette gegen 3 Gegner auf sich genommen hat). In derselben Weise:

Yv. 4444/5 :

> Deus se retient devers le droit
> Et Deus et droiz a un se tienent

Im Vertrauen auf die gerechte Sache, die Yvain
verficht, äussert er :

Yv. 4470/1 :

> Ja Deus ne m'an let removoir
> Tant que je delivree l'aie.

Aehnlich spricht sich die enterbte Schwester aus :

Yv. 5983/4 :

> Deus et li droiz que je i ai,
> An cui je me fi et fini

Besonders charakteristisch für sein zuversicht-
liches Vertrauen auf Gottes Hülfe ist folgende Reflexion des Dichters, mit Hinweis auf den ehebrecher-
ischen und gegen Erec's Leben gerichteten Anschlag
des Grafen Galoain.

Er. 3428/9 :

> Mes Deus li porra bien eidier,
> Et je cuit que si fera il.

5. Einen hervorragenden Zug in *Chrestien's*
Charakter bildet sein stark entwickeltes, allerdings berechtigtes Selbstgefühl. Seine Stellung
als Dichter gegenüber den handwerksmässigen Spiel-

---

*) Settegast, p. 29 : „Die *Chrestien*'sche Religiosität kommt
über äussere Formen nicht hinaus."

leuten, welche die wahre Dichtung zerstückeln und
verderben, will er scharf abgegrenzt wissen.

Er. 19 –22 :

> . . . li contes
> Qne devant rois et devant contes
> Depecier et corronpre suelent
> Cil qui de conter vivre vuelent.

Mit seinem Wissen will er nicht kargen :

Er. 13 – 18 :

> Et tret d'un conte d'avanture
> Une mout bele conjointure,
> Par qu'an pnet prover et savoir
> Quo cil ne fet mie savoir,
> Qui sa sciance n'abandone
> Tant con Deus la grace l'an done.

Mit welchem Selbstgefühl ferner zählt *Chrestien*
im Eingang des Cligés seine Werke auf! Er glaubt
seinen Ruhm schon derart befestigt, dass er es für
überflüssig zu halten scheint, seinen Namen zu
nennen (Cil qui fist u. s. w). Leider artet dieses
Selbstgefühl auch gelegentlich aus. Dies zeigt sich
in den prahlerisch klingenden Worten, mit denen
er selbst seinen unsterblichen Ruhm verkündet, der
fortbestehen wird :

Er. 25 – 26

> Tant con durra crestiantez,
> De ce s'est Crestiiens vantez.

6. Dass *Chrestien* k e i n B e d e n k e n trägt, A n-
s t o s s e r r e g e n d e S i t u a t i o n e n in nacktester
Wirklichkeit und nicht ohne ein gewisses Behagen
darzustellen, darf ihm nicht allzu sehr zur Last gelegt werden.

Er. 2070 – 2108 schildert der Dichter in recht
sinnlichen Zügen die Brautnacht Erecs und Enidens ;
ferner auch Cl. 3332–70. Diese oft allzu deutliche
und drastische Ausdrucksweise (Er. 5248–50,

3398/9: Enidens fingierte Bemerkung, die nur auf
ihres Gatten und ihre eigne Rettung hinzielt; ferner
Cl. 2375/6, 6450/1, während sich Yvain von anstÖs-
sigen Stellen ganz frei zeigt) entspricht jedoch der
Zeitrichtung und darf daher, da sie auch in späteren
Jahrhunderten auftritt, nicht befremden. Ueberdies
schildert *Chrestien* auch hier mit voller Naivität.
Lüsternheit liegt ihm fern.

## C. Seine Stellung zur Gesellschaft und zu seinem höfischen Hörerkreise.

Wir haben *Chrestien* bereits als einen Vertreter
des Amor-Cultus kennen gelernt. Seine ideale Auffassung von der Liebe hat er am schönsten im Yvain
ausgesprochen.

Yv. 6051/2:

> Qu'amors qui n'est fause ne fainte
> Est precieuse chose et sainte.

1. In dieser Begeisterung kommt ihm der
Gegensatz zu solchen, die gegen den Minnedienst
gleichgültig sind, ganz besonders zum Bewusstsein.
Er führt deswegen bittere K l a g e ü b e r d e n N i e d e r-
g a n g d e s A m o r s-O r d e n s in der Gegenwart, während
die frühere Zeit demselben eifrig angehangen hätte
(Yv. 15—20). Die Liebe der Quell aller Tugenden:

Yv. 21—23:

> Car cil qui soloient amer
> Se feisoient cortois clamer
> Et preu et large et enorable.

Ein ähnlicher Gedanke ist noch in dem ersten
der beiden lyrischen Lieder ausgesprochen:

V. 17—18:

> Nuls, s'il n'est cortois et sages,
> Ne puet d'amors riens aprendre.

Aber alles dies ist anders geworden. Wer jetzt

von Liebe spricht, begeht eine Lüge (Yv. 24—28).
Im Unmut wendet sich *Chrestien* von der unhöfischen
Gegenwart ab zu der höfischen Vergangenheit.

Yv. 31—32:

Qu'ancor vaut miauz, ce m'est a vis,
Uns cortois morz qu'uns vilains vis.

Yv. 5394—96:

Car la janz n'est mes amorense,
Ne n'aimment mes si com il suelent,
Que nes oïr parler n'an vuelent.

Ebenso bitter beklagt er die Entweihung, die
sich Amor selbst zu Schulden kommen lässt, der sich
nicht scheut, den gemeinsten Winkel ebensowohl
aufzusuchen, wie den ungemessensten Ort. (Vgl. Yv.
1386—90).

Yv. 1395—97·

Amors qui si est haute chose
Que mervoille est comant ele ose
De honte an si vil leu desçandre.

*Chrestien* ist ein Moralist, der die Schäden
der Gesellschaft aufdeckt, wo er sie findet.

2. So verschont er auch nicht die Frauen, so
sehr er auch sonst ihre Schönheit feiert.

Er tadelt ihre Verstellungssucht:

Yv. 1640—44:

Mes une folor a an soi (Laudine)
Que les autres dames i ont
Et a bien pres totes le font,
Que de lor folies s'ancusent
Et ce qu'eles vuelent refusent.

Ferner: Yv. 2109—12:

Si se fet preiier de son buen
Tant que ausi con maugré suen
Otroie ce qu'ele feïst,
Se chascuns li contredeïst

Yv. 2187/8:

Tant li prïent que lor otroie
Ce qu'ele feïst tote voie.

Der Wankelmut der Frauen wird als etwas dem weiblichen Charakter Natürliches gekennzeichnet:

Yv. 1436:

> Que fame a plus de mil corages.

Ebensowenig schmeichelhaft ist folgender Ausspruch:

Er. 3350—53:

> Bien est voirs que fame s'orguelle,
> Quant l'an plus la prie et losange;
> Mes qui la honist et leidange,
> Cil la trueve mellor sovant.

Dies berechtigt aber noch nicht zu der Annahme, dass „der Franzose (*Chrestien*) überhaupt nicht der Frauen Freund sei". Vgl. Settegast p. 27. Wenn auch *Chrestien* auf der einen Seite ihre Schwächen bloss stellt, so zeigt er sich doch andererseits als eifrigsten Verehrer des schönen Geschlechtes.

Er. 6058/62:

> Qui veeroit rien a s'amie?
> N'est pas amis qui antreset
> Tot le buen s'amie ne fet
> Sanz rien leissier et sanz feintise,
> S'il onques puet an nule guise.

3. Bemerkenswert ist *Chrestien*'s Stellung zur Geistlichkeit, die er zwar nur vereinzelt, aber mit um so grösserer Schärfe geisselt.

Er gebraucht die Bezeichnung Betrüger, die wohl das Gute lehren, aber selbst nicht danach thun:

Yv. 2535—38.

> . . . . . . . li preecheor,
> Qui sont desleal tricheor,
> Ansaingnent et dient le bien
> Don il ne vuelent feire rien.

Wie geringschätzig *Chrestien* über den Priesterstand dachte, bekundet noch folgende Stelle:

Er. 6576/9 :

> N'ot pas rote de chapelains,    •
> Ne de fole jant esbaïe,
> Mes de buene chevalerie
> Et de jant mout bien atornee,

In seinen Bestrebungen, veredelnd auf Geschmack und Neigungen der Gesellschaft seiner Zeit einzuwirken, liegt es *Chrestien* selbstredend fern, sich dadurch in einen schroffen Gegensatz zu derselben zu stellen.

4. So heftig er gesellschaftliche Zustände geisselt, so geschmeidig zeigt er sich, wenn es sich darum handelt, die Gunst des Hörerkreises zu gewinnen.

Schon die Verschiedenheit seiner Werke zu Anfang seiner Laufbahn (Ovidiana, Tristan, Erec — lyrische Erzeugnisse) weist darauf hin, dass er ein richtiges Gefühl für die Zeitströmungen besass, wie sehr er dem Geschmack der Gesellschaft, für die er dichtete, Rechnung trug bei der Auswahl des zu behandelnden Stoffes (cf. p. 16 – 22). Mannigfaltigkeit und Abwechselung musste einem Volke geboten werden, dessen Horizont durch die Berührung mit den orientalischen Völkern sich um ein Beträchtliches erweitert hatte, einer Zeit, die einen Höhepunkt mittelalterlicher, gesellschaftlicher Kultur erreicht hatte. So bearbeitete *Chrestien*, wie wir schon gesehen haben, Artus-Romane, nachdem er vorher den vereinzelt dastehenden Tristan gedichtet hatte. Jener reichhaltige Sagenstoff war nicht neu \*), aber

---

\*) Vgl. Galfrid von Monmouth, in dessen Historia Britonum schon die Gestalt Arthur's in glänzendem Lichte hervortrat ; ferner vgl. die Neubearbeiter Galfrid's: Geoffroi Gaimar und den bedeutenderen Wace in seiner Geste des Bretons (Roman de Brut). ten Brink: Gesch. der engl. Litteratur I. Band p. 168 –170 und 174—177.

noch völlig unverbraucht und deshalb geeignet, den Hörerkreis zu fesseln. „Man liess sich fortreissen durch das Wunderbare und Geheimnisvolle nicht weniger als durch das Ritterliche uud Heldenhafte", deren Verbindung einen mächtigen Zauber ausübte.*) Unser Dichter verstand es so in hohem Masse, das Interesse seiner Hörer sich auch dauernd zu erhalten.

Um dem Geschmack derselben zu entsprechen, empfahl es sich dem Dichter, den griechischen Stoff des Cligés-Romans mit der beliebt gewordenen Artussage zu verbinden und Vater und Sohn ihre Thaten am Hofe des Königs Artus ausführen zu lassen. Artus war das Jdeal der damaligen höfischen Gesellschaft geworden, und *Chrestien* war durch jene, wenn auch gewaltsame Verbindung von vorn herein des Erfolges gewiss.

Im Laufe seiner Darstellung tritt er in den lebendigsten Verkehr mit seinen Hörern und glaubt, ihnen bald über diesen, bald über jenen Punkt Rechenschaft ablegen zu müssen.

5. Er unterlässt nicht die Quellen - Angabe (mit einziger Ausnahme des Yvain). Vgl. hierüber Förster (kl. Yvain-Ausgabe. Einl. p. XI ff.)

Die Glaubwürdigkeit des zu behandelnden Gegenstandes betont *Chrestien* im Cligés mit Berufung auf das hohe Alter des Stoffes, deu er der Kathedral-Bibliothek zu Beauvais entnommen habe:

---

*) „Die romantische Ritterepopöe ist anzusehen als ein echtes Kind der Kreuzzüge. Diese hatten den christlichen Wunderglauben auf seinen Gipfelpunkt erhoben, und das Wunderbare ist daher die Atmosphäre, in welcher die Ritterdichtung atmet." s. Joh. Scherr. Gesch. deutscher Cultur u. Sitte, Leipzig 1854. pag. 123.

Cl. 24—26:

> Li livres est mout anciiens,
> Qui tesmoingne l'estoire a voire;
> Por ce fet ele miauz a croire.

Oder mit Bezugnahme auf die Geschichte:

Er. 5738:

> Lonc l'estoire chose veraie

Er. 3590:

> .... si con l'estoire reconte.

Am Schluss seines Yvain giebt er die Versicher-
ung, die Erzählung vollständig und wahrheitsgemäss
mitgeteilt zu haben.

Yv. 6816—18:

> Qu'onques plus conter n'an oï
> Ne ja plus n'an orroiz conter,
> S'an n'i viaut mançonge ajoster.

Cl. 3371:

> A une foiz vos ai tot dit.

Er. 424:

> Por voir vos di ......

Er. 967:

> ......... sanz mantir, dsgl. 1390.

Er. 3678:

> De lui vos sai verité dire,

dsgl. 5330, 6876, 6764.

Er. 5938:

> Et ce sachiez vos tot de fi.

Er. 6247:

> Et la verité li reconte.

Er. 6520:

> Si li distrent la verité, 6764

Yv. 6535:

> Ne cuidiez pas que je vos mante.

Yv. 6800:

> Si poez croire ..........

Er. 6790:

> Sanz mantir et sanz decevoir.

Er. 6767:

> Ne ja n'an mantira de rien.

Er. 6923—29:

> Mes je ne vos vuel feire acroire
> Chose qui ne sanble estre voire,

M a n ç o n g e sanbleroit trop granz,
Se je disoie que cinc çanz
Tables fussent mises a͞ tire
An un palés, ja nel quicr dire;
Einz an i ot cinc sales plainnes.

Durch dieses Wiedereinlenken will *Chrestien* beweisen, wie sehr er es vermeidet, von der Ueberlieferung abzugehn und den Pfad der Wahrheit zu übertreten. Keineswegs möchte er beim Hörer das Gefühl der Uebertreibung aufkommen lassen. So sind auch die vielen Versicherungen, dass er wahrheitsgemäss erzähle, zu erklären. *Chrestien* kennt sein Publikum. Es ist autoritätsbedürftig und bedarf daher jener Wahrheits-Beteuerungen. Für uns sind dieselben natürlich bedeutungslos, ja geradezu formelhaft, da sie überall begegnen und auch zu oft wiederkehren. Trotzdem hat man keinen Grund, im einzelnen Fall der Quellen-Angabe (wie oben; vgl. ferner die Berufung auf Makrobius p. 10 ff und auf Paulus, p. 13 ff.) an der Glaubwürdigkeit zu zweifeln, nach dem Eindruck zu urteilen, den *Chrestien's* Persönlichkeit hervorruft.

Wie rege und mannigfaltig sich der Verkehr *Chrestien's* mit seinen Hörern gestaltet, mögen noch folgende Beispiele zeigen:

6. Aus Rücksicht auf die meisten der Hörer will er die Schilderung der Hochzeit Alexanders und Soredamors nicht weiter ausdehnen. Cl. 2358/9.

Cl. 4636/7:

Ne cuidiez pas que je vos die,
Por feire demorer mon conte,

ferner Cl. 4622—25.

Um Langeweile fern zu halten, versagt es sich *Chrestien* sogar, auf sein Lieblingsthema (Beschreib-

ung der Liebeswunde) weiter einzugehen, so schwer
ihm dieser Verzicht auch wird. Yv. 5389—93 (u. a.
Beispiele). Dieser rege Verkehr fällt ·besonders bei der
Lectüre des Erec in die Augen.

*Chrestien* ist ein höfischer Dichter. Als
solcher ist er dem Volke fremd geblieben, da ja
seine Dichtungen nicht zum Singen bestimmt waren,
sondern einem höfischen Kreise vorgelesen wurden.
Im übrigen aber ist seine Stellung dem Volke gegenüber gar nicht so exclusiv. Er beschränkt sich keineswegs darauf, nur von .tapferen Rittern und schönen
Frauen zu erzählen, vielmehr liebt er es, den Hörer
auch mit der Stimmung des zuschauenden Volkes
bekannt zu machen, wenn es sich um irgend ein
wichtiges Ereignis handelt. Es ist dies nicht bedeutungslos für einen Dichter, der seiner Lebensstellung
nach dem Volke fern stand.

Ob er selbst adliger Herkunft war, wissen wir
nicht; aber wir begegnen ihm nur im Verkehr mit
fürstlichen Personen aus den höchsten Kreisen des
Landes. Zu seinen Gönnern zählt in erster Linie die
Tochter König Ludwig's VII. (aus seiner ersten Ehe
mit Eleonore v. Poitiers): Marie, die seit 1164 mit
Heinrich I. v. Champagne vermählt war. Im Eingange zum Lancelot (li Romans de la Charrete ed.
Jonckbloet) nennt *Chrestien* die Fürstin „ma dame de
Champaigne" und bezeichnet sie als diejenige,
die ihm den Stoff und den Geist zu seinem Werke
geliefert habe.

V. 1—29:

Pnis que ma dame de Champaigne
Vialt que romans è feire supraigue,

Je l'anprendrai moult volantiers,
Come cil qui est suens antiers
5. De quanqu'il peut el monde faire,
Sanz rien de losange avant treire.
Mes tex s'an poist antremetre,
Qu'il i volsist losenge metre
Si deist et jel' tesmoignasse
10. Que ce est la dame qui passe
Totes celes qui sont vivanz,
Si con li funs passe les vanz
Qui vante en Mai on en Avril.
Par foi je ne sui mie cil
15. Qui vuelle losangier sa dame.
Dirai-je: tant com une jame
Vaut de pailes et de sardines
Vaut la contesse de reïnes?
Naie voir je n'en dirai rien,
20. S'est-il voirs maleolt gré mien;
Mès tant dirai-je que mialz oevre
Ses comandemanz an ceste oevre
Que sans nè painne que j'i mete.
Del' chevalier de la charrete
25. Comance Crestiens son livre;
Matiere et san li done et livre
La contesse et il s'antremet
De panser que guères n'i met
Fors sa painne et s'antancion, . . . .

Diese Worte legen Zeugnis ab ebensosehr von
seiner Ergebenheit, wie von der bevorzugten Stellung,
die er ohne Zweifel der Gräfin gegenüber einnahm.

Näheres über seine Beziehungen zu Marie wissen
wir nicht, ebensowenig, warum und wann *Chrestien*
den Hof des Grafen v. Champagne verlassen hat.
Bezgl. der Zeit vermutet *Förster*, dass dies zwischen
1168 und 1178 geschehen sein müsse. (s. kl. Cligés-
Ausgabe p. X).

Reichhaltiger und ergiebiger ist die Eingangsstelle aus Perceval, aus der wir auf *Chrestien*'s Verhältnis zum Grafen v. Flandern: Phil. v.

E l s a s s schliessen können: Bibliographie de *Chrestien de Troyes* p. 21—22 (C h. P o t v i n).

V. 7—14:

> *Crestiens* saime et fet semance
> D'un romans que il encommance,
> Et si le saime en si bon leu
> 10. Qu'il ne puet estre sanz grant preu;
> Qu'il le fet por le plus preudomme
> Qu'il soit en l'empire de Romme: *)
> C'est li quens Phelippes de Flandres
> Qui miez vaut ne fist Alixandres

V. 25—36:

> Li quens aimme droite justice,
> Et loiauté et sainte égliee,
> Et toute vilonnie het
> C'est plus sages que nul ne set; **)
> Qu'il donne selonc l'evangille,
> 30. Sans ypocrisie et sans guille,
> Qu'il dist: Ne sache ta main destre
> Les bien que fes a ta senestre;
> Çil le sache qu'il le reçoit
> Et Dieu qui touz les secrez voit
> 35. Et set tutes les repostailles,
> Qui sont es cuers et es entrailles.

V. 49—66:

> Donc sachiez bien de vérité
> 50. Que li dons sont de charité
> Que li bons quens Phelippe donne,
> C'onques nullui n'en arresonne
> Fors son franc cuer débonnère,
> Qui li loe et commande à fere.
> 55. Ne vaut il miex que ne valut
> Alixandre qui ne chalut
> De charité ne de nul bien.
> Oïl, n'en dotez jà de rien.
> Dont aura bien sauvé sa painne
> 60. *Crestiens* qui entant et painne
> Par le commandement le Conte
> A commencier le meilleur conte

---

*) V a r i a n t e: Qui soit . . . . .

**) V a r i a n t e  S'est plus larges . . . .

Qui soit contés en court royal;
Ce est li livres du Graal
65. Dont li quens li bailla le livre ;
S'orrez comment il se delivre.

Das Bild, das hier *Chrestien* von dem Charakter
seines Gönners entwirft, ist ein überaus schmeichel-
haftes. Er weiss des Lobes nicht genug zu sagen über
die trefflichen Eigenschaften des Grafen : über dessen
Gerechtigkeitsliebe, seinen offenen und geraden Sinn,
seine wahre Frömmigkeit und ganz besonders über
seine 'Freigebigkeit, die er als die Krone seiner
Tugenden preist. Die Beziehungen unseres Dichters
zum Grafen v. Flandern müssen demnach recht
herzliche gewesen sein.

Ein Mensch, der hohe Tugenden in so begeisterter Weise feiert, der gegen Heuchelei und Verstellung mit scharfen Waffen vorgeht, kann nur
unsere Anerkennung gewinnen ; sein Charakterbild
kann durch die Schwächen, denen wir begegnet sind,
nicht verzerrt werden. Dieser Betrachtung weiss
ich keinen bessern und unsers Dichters würdigeren
Abschluss zu geben, als durch den Hinweis auf den
von jeder Ueberhebung, jedem Uebermass sich fern
haltenden Patriotismus, dem *Chrestien* in der
berühmten Eingangsstelle zum Cligés in schönster
Weise Ausdruck verleiht: Er ist stolz auf die Pflege
der Gelehrsamkeit in Frankreich und wünscht sehn-
lichst, dass sie daselbst eine bleibende Stätte finde:

Cl. 34—39: Et de la clergie la some,
Qui or est en France venue.
Deus doint qu'ele i soit retenue
Et que li leus li abelisse
Tant que ja mes de France n'isse
L'enors qui s'i est arestee.

## II. Teil
## Chrestien als Dichter.
### Einleitung.

Ueber dem Verhältnis *Chrestien's* zu den von
ihm angeführten Q u e l l e n *) schwebt noch ein
ziemliches Dunkel. Die Quelle des Cligés glaubt *W.*
*Förster* in der XI. Erzählung des Marque de Rome
p. 135 (ed J. Alton) gefunden zu haben: cf. seine
Einl. zu Cl. XV—XVIII, ferner Er. p. X Anm. und
Er. XLI—XLII: „Wir sehen" (sagt *Förster*), „wie
kaum die nackte Fabel (dies war sein livre) beibe-
halten, dieselbe aber in einem Hauptpunkte mit
gutem Vorbedacht geändert ist, wie er aus einem
ganz anderen Stoffe (aus Salomon und Markulf) die
Marterprobe Fenicens hinein verarbeitet, und das
Gedicht nur rein äusserlich und gewaltsam mit Artus in Verbindung gebracht hat." Alles Uebrige ist
Eigentum des Dichters, so vor allem ausser der Vor-
geschichte Alexander und Soredamors das Motiv der
Jungfräulichkeit Fenicens, trotz der Ehe mit dem ihr
aufgedrungenen Alis. Auf Grund dieser Resultate
wird *Förster* zur Annahme der gleichen Selbständigkeit *Chrestien's* in bezug auf Erec und Enide geführt.
*Chrestien* hätte demnach wahrscheinlich nur den zu-
sammenhangslosen Sagenstoff, das Gerippe des
Romans, entlehnt, während die künstlerische Gestalt-

---

*) Ausser F ö r s t e r haben darüber geschrieben:
R a u c h : Die wälische, franz. und deutsche Bearbeitung
der Jweinsage, Berlin 1869 pag. 4—18.
Ferner H. G o o s e n s in einer allerdings kritiklosen Com-
pilation: Ueber Sage, Quelle und Composition des
Chevalier an lyon des *Chrestien von Troyes.* (Neaphi-
lolog. Studien 1883, I. Heft, V. Cap. 29—37).

ung und Vertiefung desselben durch psychologische Probleme sein Verdienst wäre, immerhin ein grosses Verdienst, da in der Art und Weise, wie er den gegebenen Stoff seinen Ideeen und Intentionen gemäss modificiert, die Grösse unseres Dichters beruht.

Jener Selbständigkeit steht nun aber die sklavische Abhängigkeit, mit der *Chrestien* der Quelle des Lancelot-Romans Schritt für Schritt folgt, schroff gegenüber (vgl. seine eignen Worte Lanc. v. 26—29, s. p. 46). Allein die Abhängigkeit findet in diesem Falle ihre hinreichende Erklärung in der Ergebenheit *Chrestien*'s seiner Gönnerin gegenüber, der dame de Champaigne. Diese hatte ihm den Auftrag erteilt, einen Roman zu bearbeiten, dessen Stoff und Tendenz er sich nicht einmal frei wählen konnte. Dadurch war ihm von vorn herein die Gelegenheit genommen, seine schöpferische Gestaltungskraft zu entfalten. Ein Dichter wie *Chrestien* musste sich gedrückt und beengt fühlen, wenn er es auch selbst natürlich nirgends durchblicken lässt, im Gegenteil ausdrücklich hervorhebt: Je l'anprendrai mout volantiers v. 3.

Trotz dieses Gefühls der Gebundenheit möchte ich aber doch nicht mit *Förster* schliessen (s. Yv. XXVII, Anm. 2), dass dies der Grund sein könne, weswegen *Chrestien*, „dem durch den ihm gegebenen Auftrag die Hände gebunden waren, endlich voller Missbehagen über den ihm nicht zusagenden Gang und die ganz fehlende Lösung das Werk hat unvollendet liegen lassen". Denn man wäre dann zu der Frage berechtigt: weshalb hat er es überhaupt angefangen und beinahe bis zum Schluss fortgeführt? Würde nicht *Chrestien* alsdann geradezu seine Herrin

beleidigt haben? Vielleicht liesse sich eine andere
Hypotese *) aufstellen; aber etwas Sicheres ist überhaupt nicht zu ermitteln. Wie dem auch sein möge, jedenfalls erkennt
man schon aus dieser kurzen, einleitenden Betracht-
ung, dass *Chrestien* seinen Quellen, nach der stofflichen
Seite hin, eine verschiedene Behandlung angedeihen
liess, was späterhin, wenn die einzelnen Werke
mit einander verglichen werden, noch deutlicher
hervortreten wird.

## A. Geistiger Inhalt in Chrestien's Dichtungen.
### I. Gegenstand derselben:
a) Rittertum am Hofe des Königs Artus.

Das verfeinerte Geistesleben jener Zeit hatte
natürlich auch eine völlige Umgestaltung des ganzen
ritterlichen Wesens im Gefolge. Es begegnet uns
zwar noch dieselbe Ruhmbegierde, derselbe Thaten-
durst, wie bei den nationalen Helden in den chansons de geste; aber *Chrestien's* Rittertum ist gesellig,
erscheint gesellschaftlich veredelt, von ritterlichen und menschlichen Idealen getragen. An
Stelle der rohen, ungestümen Kraft stehen körper-
liche und geistige Vorzüge in mehr veredelter Ge-

---

*) Man könnte den Grund für das plötzliche Abbrechen des
Gedichtes in einer Aenderung des anfänglich guten Verhältnisses
zur Gräfin suchen. Unter solchen Umständen konnte ihm an der
Vollendung eines Stoffes nichts mehr liegen, den er weniger aus
dichterischem Interesse, als vielmehr mit Rücksichtnahme auf seine
hohe Gönnerin behandelt zu haben scheint. Dass *Chrestien* ihren
Hof verlässt und wir ihm später am Hofe des Grafen v. Flandern
begegnen, würde diese Vermutung nur noch stützen, ferner der
Umstand, dass der Name der Gräfin in seinen späteren Werken
nicht mehr erwähnt wird.

gestalt. Ritterliche Ehre und ritterliche Tugend, feinere Formen höfischen Verkehrs und höfischer Sitte, also der Inbegriff aller pro esce und courtoisie: dies sind die charakteristischen Merkmale, in denen uns *Chrestien's* Rittertum entgegentritt. Wie früher Karl der Grosse, so bildet nunmehr Artus den Mittelpunkt, um den sich die Helden scharen, von dessen Hofe sie auf Thaten ausziehen und zu dem sie sieg- und ruhmgekrönt zurückkehren. Aus seiner ursprünglichen Stellung als Führer der Britten herausgehoben, ist A r t u s zu einem mächtigen, siegreichen Könige geworden, der auf eine glanzvolle Vergangenheit zurückblickt.

So erscheint er bei *Chrestien* auf's höchste idealisiert:

Cl. 310/11:

> . . . . . le meillor roi del mont.
> Qui onques fust ne ja mes soit

inmitten seiner Tafelrunde als edelster Vertreter jenes hohen Rittertums:

Als vornehmste seiner Tugenden strahlt die largesce.

Er. 6667—72:

> Mout fu li rois puissanz et larges:
> Ne dona pas man-tiaus de sarges,
> Ne de conins ne de brunetes,
> Mes de samiz et d'erminetes,
> De ver antiers et de diaspres,
> Listez d'orfrois roides et aspres.

Diese Tugend auszuüben, giebt ihm seine ungeheure Machtfülle auch Gelegenheit. Ein Alexander oder Caesar wäre im Vergleich zu ihm arm und knauserig erschienen. Vgl. Er. 6673—85.

Er. 2060—68:

> Li rois Artus ne fu pas chiches;

Bien comanda as penetiers  
Et as queus et as botelliers,  
Qu'il livrassent a grant planté  
A chascun a sa volanté  
Et pain et vin et veneison.  
Nus n'i demanda livreison  
De rien nule, qneus qu'ele fust,  
Qu'a sa volanté ne l'eüst.

Ferner am Schluss des Krönungsmahls zu Ehren Erecs und Enidens:

Er. 6953—57:

Mout lor ot doné largemant  
Chevaus et armes et arjant,  
Dras et pailes de mainte guise,  
Por ce qu'il iert de grant franchise.

Neben der largesce tritt besonders Artus verzeihende Grossmut hervor: so gegen die aufrührerischen Mannen des in England zurückgelassenen Statthalters Angrés:

Cl. 2187—89:

Car tot son mautalant et s'ire  
Vos pardonra li rois mes sire,  
Tant est il douz et de bon'eire.

Dem von Erec wegen seiner Rohheit bestraften Yder lässt der König Artus nicht nur völlige Verzeihung angedeihen, sondern er erhebt ihn noch dazu zu einem Ritter der Tafelrunde: (Er. 1228—31).

Gerade im Erec fällt es besonders in die Augen, wie der Dichter jede Gelegenheit benutzt, um den König Artus zu verherrlichen.

Er. 3884-87:

Plus n'an a rois ne auperere  
Fors le roi Artu solemant.  
Celui an ost je voiremant,  
Car a lui nus ne s'aparoille.

Sein Ruhm ist unsterblich:

Yv. 38:

Que toz jorz mes durra ses nons.

*Chrestien* feiert ihn als H ù ter des R e c h t s,
der W a h r h e i t u n d altbergebrachten S i t t e:

Er. 1793—1814:

    Je sui rois, ne doi pas mantir,
    Ne vilenie consantir,
1795: Ne fausseté ne desmesure!
    Reison doi garder et droiture.
    Ce apartient a leal roi
    Que il doit maintenir la loi,
    Verité et foi et justise.
1800: Je ne voudroie an nule guise
    Feire desleauté ne tort,
    Ne plus au foible que au fort.
    N'est droiz que nus de moi se plaingne
    Ne je ne vuel pas que remaingne
1805: La costume ne li usages
    Que siaut maintenir mes lignages.
    De ce vos devroit il peser
    Se je vos voloie alever
    Autres costumes, autres lois
1810: Que ne tint mes pere li rois.
    L'usage Pandragon mon pere,
    Qui fu droiz rois et anperere,
    Doi je garder et maintenir.
    Que que il m'an doie avenir.

Seine Klugheit im Gerichthalten erinnert an
Daniel's Verfahren bei der Ueberführung der An-
kläger Susannas; s. die formalistische Ueberrumpel-
ung, mit der Artus in dem Erbstreit der beiden
Töchter des Herrn de la Noire Espine die verbrecherische, ältere Schwester entlarvt.

Yv. 6384—93:

    „Ou est", fet il, „la dameisele
    Qui sa seror a fors botee
    De sa terre et descritee
    Par force et par male merci?"
    „Sire", fet ele, „je sui ci".
    „La estes vos? Venez donc çà!
6390: Bien le savoie grant pièç'a
    Que vos la deseritiiez.
    Ses droiz ne gera mes noiiez;
    Que conell m'avez le voir.

So ist Artus ein leuchtendes Vorbild für alle ritterlichen Tugenden:

Yv. 1—3:

> Artus, li buens rois de Bretaingne,
> La cui proesce nos ansaingne
> Que nos soiiens preu et cortois . . . . .

Yv. 39—41:

> Et par lui sont ramanteü
> Li buen chevalier esleü
> Qui an enor se traveillierent.

Einem solchen Könige stehen **tapfere und edle Ritter** würdig zur Seite:

**Erec** ist ebensowohl durch innere wie durch äussere Vorzüge ausgezeichnet (Er. 4637—40).

Beachtenswert ist das Lob, das ihm aus Feindes Munde gespendet wird:

Er. 3652/3:

> Onques ne fu de mere nez
> Miaudre chevaliers de cestui.

Da Erec im Kampfe mit Keu sieht, dass dieser unbewaffnet ist, dreht er seine Lanze um. Denn er will keinen Vorteil vor ihm voraus haben. (Er. 4044—47).

Dieses Merkmal ist sehr charakteristisch für die echt ritterliche Gesinnung *Chrestien*'scher Helden. **Gauvain** wird von Keu als der Ritter bezeichnet:

Er. 4062:

> An cui graindre proesce abonde,

ferner Er. 4092:

> Qui de grant franchise fu plains.

Vor allen übrigen Rittern zeichnet er sich durch seine **kluge Vorsicht** aus. Er fürchtet Streit, falls der Sieger in der von Artus veranstalteten Jagd auf den weissen Hirsch eine Jungfrau für die schönste erklärt und sie küsst, wie es die Sitte ihm gestattet.

Denn jede dameisele habe einen Ritter zum Freunde
(Er. 41—58).

Hier zeigt sich Gauvain dem König Artus sogar überlegen.

Diese Seite in Gauvains Charakter*) tritt ganz
besonders in Erscheinung in den (zu Gunsten des
Rittertums) an Yvain gerichteten Ermahnungen, um
diesen vor dem Verliegen an der Seite seiner jungen
Gattin zu schützen: Yv. 2484—2538.
Ritterliches und höfisches Wesen
Frauen gegenüber wird auf's strengste beobachtet:
(Er. 5554—63).

Erec richtet folgende galante Bemerkung an die
Königin Ganievre:

Er. 109/110:

> Je ne ving ça por autre afeire
> Fors por vos conpaignie a feire.

Ritterliches Verhalten Yvain's zwei Damen
gegenüber, deren Dankbarkeitsäusserungen (Fussfall)
er ablehnt:

Yv. 3978—87:

> . . . . Deus m'an defande
> Que orguiaus an moi tant desçande
> 3985: Que a mon pié venir les les l
> Voir ja n'obliëroie mes
> La honte que je an avroie . . . .

Der Adel seiner Gesinnung zeigt sich auch
in seiner ungezwungenen Bereitwilligkeit, mit der er
sich einer Hülfesuchenden und Verlassenen annimmt,
ohne sie überhaupt zu kennen. (Yv. 5987—90).

Hervorzuheben ist noch Yvain's freundliches
Benehmen einer Kammerzofe gegenüber: Als Lunette

---

*) Wir sehen, wie *Chrestien* individualisiert. Gauvain in so
vielen Zügen mit Yvain übereinstimmend. ist doch grundverschie-
den von ihm gerade durch diesen einen Charakterzug: seine kluge
Vorsicht.

wegen ihrer dienenden Stellung am Hofe des Königs
Artus von niemandem eines Wortes gewürdigt wurde,
war es Yvain allein, der ihr Dienst und Ehren er-
wies. (Yv. 1004—11).

Mit peinlicher Genauigkeit betont der Dichter,
dass seine Ritter keinen Verstoss gegen die
höfische Sitte begehen.

Cl. 314—16:

> Mes ainz que devant lui venissent,
> Ostent les mantiaus de lor cos,
> Que l'on ne les tenist por fos.

Dass auch ein gesunder, religiöser Sinn
diesen Rittern eigen ist, dafür liefert Yvain abermals ein
leuchtendes Beispiel : In dem Zweikampfe, den er für
Lunettens Unschuld auszufechten im Begriff steht,
sieht er sich drei Gegner gegenüber. Allein im Bewusstsein der gerechten Sache und in vollem Vertrauen auf Gott*), stehen ihm in droit und deus
zwei starke Bundesgenossen zur Seite, mit denen er
mehr auszurichten glaubt, als seine Feinde mit ihrem
prahlerischen Drohen. (Yv. 4442—48).

Der von Erec aus der Gewalt der beiden Riesen
befreite Ritter Cadoc giebt erst Gott die Ehre, bevor
er seinem Befreier Dank abstattet. (Er. 4474.5).

Reine und uneigennützige Motive haben
Erec dazu getrieben, sein Leben für das Wohl eines
andern aufs Spiel zu setzen. Jeden Dank und jede Unter-
thänigkeitsbezeugung lehnt er ab ; nur die eine Ehren-
erweisung macht er dem Ritter zur Pflicht, dass er
am Hofe des Königs Artus der Wahrheit gemäss
von dem Siege berichten solle : (Er. 4524—41).

---

*) F. Settegast in „Hartmanns Yvain verglichen mit seiner
altfranz. Quelle, Marb. 1873‘‘, stellt dieses Gottvertrauen bei den
*Chrestien*'schen Charakteren in Abrede.

In ähnlicher Weise schickt Yvain seinem Freunde Gauvain den Zwerg und die Befreiten zu, um zunächst ihn und dann auch sich zu ehren : Yv. 4273—79.

Yv. 4280/1 :

> „Car por neant fet la bonté
> Qui ne viaut qu'ele soit seüc".

Also Ruhmbegierde erfüllt ihr ganzes Wesen : doch prahlerisches Prunken liegt ihnen fern :

Er. 633/4 :

> „Se deus done que je m'an aille
> A tot l'enor de la bataille".

Er. 663 :

> Se deus la victoire me done.

Er. 5860—62 :

> Si faz folie qui me vant;
> Mes je nel di por nul orguel
> Fors tant que conforter vos vuel.

Bei Cligés tritt die Tugend der Bescheidenheit besonders hervor. Obwohl er grosse Thaten verrichtet hat, weist er doch das Anerbieten seines Oheims, mit ihm die Regierung zu teilen, zurück, da er sich seiner Unmündigkeit noch voll bewusst ist. Cl. 4240—44.

*Chrestien* betont ausdrücklich :

Cl. 4897 :

> Mes il ne se vante de rien.

Das übermässige Lob, das ihm an Artus Hofe gespendet wird, lässt das Blut ihm in den Kopf schiessen. (Cl. 5020/1).

Seinem Schmerze durch Weinen Luft zu machen, galt damals nicht für unmännlich und unritterlich. Im Gegenteil fliessen *Chrestien*'s Rittern die Thränen sehr leicht und sehr oft. Bei Erecs Abschiede:

Er. 4288—90 :

> Lors les veïssiez toz plorer
> Et demener un duel si fort
> Con s'il le veïssent ja mort.

Bei dem hohen Ansehen, in dem das französische
Rittertum stand, darf es nicht befremden, das *Chrestien*
selbst aus Byzanz edle Jünglinge an Artus Hof
ziehen liess, womit er zugleich dem französichen
Nationalgefühl schmeichelte. (Cl. 14—16, 64—73).

Selbst die Liebe einer Mutter ist hier nicht
mächtig genug, um dem jugendlichen Verlangen, an
Artus Hofe Thaten zu verrichten, Fesseln anzulegen.
(Cl. 222—231).

Derselbe Alexander nimmt dann später, kurz
vor seinem Tode, seinem Sohne Cligés das Versprechen ab, gleichfalls an Artus Hof zu ziehen, um
sich dort proesce und vertu zu erwerben. (Cl.
2603—18).

Man geht wohl nicht fehl, wenn man annimmt,
dass *Chrestien* hier überall seine Charaktere mit Zügen
ausgestattet hat, aus denen Gesinnungen sich ergeben,
welche die Ritterorden grossgezogen hatten und
hegten.

### b. Minne.

Aufs engste mit dem Rittertume verknüpft, ist
die Minne die Krone alles höfischen Wesens. Den
Rittern erscheint der Gegenstand ihrer Liebe fast
wie ein höheres Wesen: sie wagen kaum, die ent-
stehende Neigung sich selbst zu gestehen, geschweige
denn sich vor ihrer Geliebten zu erklären, so be-
herzt und kühn sie auch sonst in ritterlichen Thaten
sein mögen.

Alexander, die Weigerung seiner Geliebten
fürchtend, zögert die ihm schon im voraus zugesagte
Bitte auszusprechen. (Cl. 2221—28).

Noch mehr zeigt sich Cligés verlegen und ver-
schämt:

Cl. 3835—38:

> Des iauz parolent par esgart;
> Mes des langues sont si coart,
> Que de l'amor qui les justise
> N'osent parler an nule guise.

Ferner Cl. 4296- 4300.

Der Dichter verurteilt dies Verhalten:

Cl. 3842/4;

> Mes cil qu'atant et por quoi tarde,
> Qui por li est par tot hardiz
> Et vers li sole acoardiz?

Dagegen in bezug auf Fenice hält er diese Be-
fangenheit für ganz natürlich:

Cl. 3840—41:

> . . . . car sinple chose
> Doit estre pucele et coarde.

Als idealste Vertreterin der Minne, ist sie der
Inbegriff von:

> Biauté, corteisie et savoir
> Et quanque dame puisse avoir,
> Qn'apartenir doie a bonté, . . . .

Wie zart die meisterhafte Schilderung der er-
wachenden Liebe *) und der daraus folgenden Un-
bestimmtheit des Gefühls, da Fenice nicht recht weiss,
wie sie sich dazu stellen soll. Dasselbe ist ihr völlig
fremd, und daher die Besorgnis, dass es ihr Schaden
bringen könne.

Cl. 3066—3094:

> Ce solemant que je i pans

---

*) Ganz anders urteilt Settegast in der angeführten Schrift
pag. 26: „Seelenzustände zu malen ist dem französ. Dichter nicht
gegeben; es fehlt ihm hierzu die liebevolle Versenkung und der
tiefe Blick in das menschliche Herz." Eine Lectüre des Cligés be-
weist das Gegenteil; aber auch im Yvain fehlt es nicht an psychologischen Betrachtungen.

Me fei grant mal et ai m'esmaie.
Mes comant set, qui ne l'essaie,
3069: Que puet estre ne maus ne biens? u s. f.

Auf das strengste lässt der Dichter seine Heldin alle Formen der Schicklichkeit und höfischen Zucht beobachten. Sie kennt nicht einmal den Namen ihres Geliebten, und doch darf sie nicht danach fragen : (Cl. 2900—4).

Soredamors bewahrt ebenfalls die ihr geziemende Zurückhaltung dem Geliebten gegenüber :

Cl 998—1001:

......Ce n'avint onques,
Que fame tel forfet feïst,
1000: Que d'amer home reqneïst,
Se plus d'autru ne fu desvee.

Der Fenice nahe stehend, wenn auch nicht so zartfühlend wie jene, ist Enide. Rührend ist die Liebe und Treue, die sie ihrem Gatten entgegenbringt, trotz der schlechten Behandlung, die sie von seiner Seite erfährt, und trotz der Versuchungen, denen ihre Tugend ausgesetzt ist, aus denen sie aber siegreich hervorgeht. Sie ist sogar entschlossen, sich mit dem vermeintlich toten Gatten im Tode zu vereinen. (Er. 4653—59).

Die Minne tritt bei *Chrestien* als ein heiliger Orden in die Erscheinung. Wer den Kampf gegen Amor aufnimmt, muss schliesslich unterliegen. Selbst die sprödeste Jungfrau ist der Allgewalt der Liebe gegenüber ohnmächtig :

Soredamors hat sich der Liebe lange Zeit abhold gezeigt; da plötzlich wird sie vom Pfeil Amors getroffen und muss nun gewissermassen als Strafe für ihre Hartnäckigkeit lange Liebesqualen durchmachen. *Chrestien* scheint ein Vergnügen darin zu finden auszumalen, wie Amor doch jetzt triumphiert, indem nunmehr ihr Herz in leidenschaftlicher Liebe zu Alexander entflammt wird, so dass sie in rührende Klagen ausbricht. (Cl. v. 445—530). Ihr Wille erweist sich den Herzensregungen gegenüber als zu schwach. Obwohl sie sich wegen ihrer Liebe thöricht schilt (Cl. 511/12), und obwohl sie zu wissen glaubt, dass sie noch nicht einmal wiedergeliebt wird (Cl. 491): unterliegt dennoch ihr Verstand in diesem Widerstreit. Sie muss schliesslich doch zugeben, dass sie ihn liebt, so sehr sie sich auch anfangs dagegen gesträubt hat.

Cl. 929:

Or l'aim, bien soit acreanté!

Einen ebenso vergeblichen Versuch macht auch Alexander, der Liebe Herr zu werden. Wenn auch hier wieder die Seelenqualen des Liebenden anschaulich geschildert werden, so wirkt es doch störend, wenn Alexander den Vorgang der Verwundung durch Amor gleichsam anatomisch zergliedert: Diese Hinneigung *Chrestien's* zu verstandesmässiger Zergliederung der Gefühle wird uns noch besonders zu beschäftigen haben.

Cl. 692—701:

. . . . qu'il m'a navré sie fort
Que jusqu'au cuer m'a son dart tret,
N'ancor ne l'a a lui retret.
Comant le t'a donc tret el cors,
Quant la plaie ne pert de hors?
Ce me diras, savoir le vuel!
Par ou le t'a il tret? Par l'uel.
Par l'uel? Si ne le t'a crevé?
An l'uel ne m'a il rien grevé,
Mes el cuer me grieve formant,

## II. Idee und Composition seiner Werke.

*Chrestien* ist kein oberflächlicher Dichter. Er
konnte sich also nicht lediglich damit begnügen
wollen, dem Hörer eine wunderbare, phantastische
Welt vor Augen zu führen und ihm ein blosses Bild
von dem bunten Leben und Treiben der Artus-Ritter
zu entwerfen. Dies ist nur die äussere Schale in
allerdings sehr gefälliger Form; der innere Kern
liegt aber tiefer. Von der Natur mit einer scharfen
Beobachtungsgabe ausgestattet, nimmt er Conflikte,
wie sie tief in das menschliche Liebesleben eingreifen,
auf und sucht mit einem solchen psychologischen
Problem seinen Stoff geistig zu durchdringen. Wie
weit ihm dies gelungen, mag die folgende Betrachtung zeigen.

Die Ansichten über den tieferen Gehalt von
*Chrestien*'s Dichtungen sind noch sehr geteilt. Einem
mittelalterlichen Dichter — und sei es auch ein
*Chrestien* — scheint man „die Kunst bewusster
Aufstellung sittlicher Conflikte" noch nicht zuzutrauen.
Man vergisst eben, dass *Chrestien* sich weit über das
gewöhnliche Niveau seiner Zeit erhob.

Es sei mir gestattet, die verschiedenen und oft
ganz entgegengesetzten Meinungen in einer kurzen
Uebersicht zusammenzufassen :

I. Richtung, die man als eine negative in
dieser Frage bezeichnen könnte, und die teilweise
in Gervinus ihren Vertreter hat (vgl. III).

1. Rauch (die wälische, französische und deutsche
   Bearbeitung der Iweinsage 1869) schlägt das Verdienst *Chrestien*'s bezüglich des Ideengehalts
   seiner Dichtungen nur sehr gering an (bei der
   sonstigen Vortrefflichkeit seiner Ausführungen).

„Beide" (*Chrestien* und Hartmann von Aue)
sagt er, „haben keinen moralischen Grundgedanken, in dessen Dienste und zu dessen Ver-
herrlichung sie in die Saiten greifen". *Chrestien*
überdies verfolge „keinen höheren Zweck als
das Erzählen von Abenteuern. Er erkläre ja
offen, dass die blosse Lust am Erzählen ihm
die Feder in die Hand gebe" (pag. 26—27).
Rauch berücksichtigt nicht, dass dieser Ausspruch nur für Lancelot Geltung hat. Mit
diesem Romane hat es jedoch seine besondere
Bewandtnis, wie wir bereits gesehen haben
(s. p. 50).

2. H. Goosens in der bereits angeführten Schrift
VI. Cap. p. 38 steht auf demselben Stand-
punkte: „Wir gestehen, dass wir weder eine
bedeutende Productions- noch Gestaltungskraft
im Chevalier au lyon erkennen und einen ab-
soluten dichterischen Wert desselben in Abrede stellen müssen." Goosens spricht überhaupt einem mittelalterlichen Dichter die Entwicklung eines tieferen moralischen Gedankens
ab: „Wo eine tiefere Einheit einem Gedichte
zu Grunde liegt, da ist sie nicht vom Dichter
geschaffen, sondern der gesunde Sinn des
Volkes hat verwandten Sagen im Laufe der
Jahrhunderte einen tieferen moralischen Gedanken eingehaucht (p. 43). Die Kunstdichter
haben wohl nur eine äusserliche Einheit, eine
gefällige Zusammenfügung und Verknüpfung
der Abenteuer bewusst angestrebt (p. 44)."

II. Diesen gegenüber steht eine andere Richtung von Kritikern, die nach dem Vorgange von

Lachmann wohl eine tiefere Jdee annehmen, dieselbe aber erst Hartmann zusprechen, nicht schon
*Chrestien*:

1. Franz Settegast: „Man sieht das Bestreben des Dichters (Hartmann), den gedanken-
armen Stoff durch eine allgemeine Idee zu
vergeistigen" (p. 5).

2. Gärtner (Der Iwein Hartmanns von Aue
und der Chevalier au lyon des *Chrestien von
Troies* 1875) sagt p. 50: „*Chrestien* will erzählen und seine Zuhörer ergötzen; sagt er
es doch selbst. *Chrestien's* Gestalten sind so,
wie er sie aus der bretonischen Sage über-
kommen, blosse Schemen und sollen nichts
anderes sein".

III. Der Lachmann'schen Ansicht steht streng
entgegen die von Gervinus, dass „der Deutsche
dem Franzosen alles verdanke".

IV. Denselben Standpunkt, wenigstens in bezug
auf das Abhängigkeitsverhältnis, nimmt auch Ludwig Blume ein in einer kleinen, aber inhalts-
reichen Schrift: „Ueber den Iwein des Hartmann
von Aue, Wien 1879." Bezüglich der zu Grunde
liegenden Idee jedoch — Gervinus will „von einer
epischen Anlage oder inneren Bedeutung im Iwein"
nichts wissen p. 371 — weicht Blume von ihm gänzlich ab. Auf Wackernagel fussend, der allein
das Richtige getroffen hat, wenn er von der „Kunst
bewusster Aufstellung und Versöhnung sittlicher
Gegensätze" spricht, hat Blume in sehr feiner Weise
„ein Problem der Ehe" im Iwein oder „eigentlich
und zunächst" im Chevalier au lyon des *Chrestien*
nachgewiesen.

Doch stimme ich in der Auffassung des Charakters der Laudine nicht mit ihm überein. Darüber an einer späteren Stelle.

Wenn wir nunmehr mit der Betrachtung des Karrenritters (Lancelot) beginnen, kommen wir zunächst zu keinem günstigen Resultate. Doch haben wir bereits gesehen, weswegen der Dichter Originalität in diesem Werke nicht erreichen konnte, das zwar der Form nach den Erec bei weitem übertrifft, dem Ideen-Gehalt nach aber ebenso sehr hinter dieser, wie überhaupt jeder Dichtung *Chrestien's* zurücksteht.

Eine sündhafte Liebe, die Genievra zur Ehebrecherin und ihren Anbeter zum willenlosen Werkzeuge macht, findet in diesem Gedichte ihre Beleuchtung.

*G. Paris* in seiner Untersuchung: Le Conte de la Charrette Rom. XII, 459 ff. Teil IV (L'esprit du poème de *Chrétien*) hat jene „höfische Liebe“ rein für sich betrachtet und weist von diesem Gesichtspunkte aus auf den keineswegs geringen Wert des Karrenritters hin. „Hier trete zum ersten Male cet amour courtois in die Erscheinung, die eine Kunst, eine Wissenschaft, eine Tugend sei, die ihre Gesetze habe, ebenso wie die chevalerie oder die courtoisie : eine Liebe, die den Helden Lancelot stets wieder von neuem zu ritterlichen Thaten ansporne und ihn um der Angebeteten willen alles Missgeschick, selbst Schmach erleiden lasse. Die Inspiration von *Chrestien's* Dichtung sei daher zu suchen in jener conception d'un amour raffiné, savant, intimement lié à la courtoisie et à la prouesse, et donnant à la femme, en tant que maîtresse, une importance qu'elle n'avait pas eue jusque-là.“

Daneben spielt aber Lancelot eine so klägliche Rolle, dass er sich zu einem Spielball ihrer Launen erniedrigt. Kulturgeschichtlich interessant, enthält diese Dichtung jedoch von *Chrestien's* Geist nur wenig oder gar nichts, gemäss seinem eigenen Geständnis: Lanc. 27—29:

> . . . . . . et il s'antremet
> De panser que guères n'i met
> Fors sa painne et s'antancion.

Poetische Conception zeigt sich erst in demjenigen Werke, dem *Chrestien* ein grosses Problem: Konflikt zwischen Rittertum und Liebe zu Grunde gelegt und glücklich gelöst hat, nämlich in Erec und Enide. Der Schwerpunkt der ganzen Handlung ist hier das Motiv des Verliegens. Dies erfordert einen Charakter, der, wie Erec, aus einem Extrem in andere verfällt: Bei massloser Liebe Verlust von ritterlicher Ehre — alsbald umgekehrt auf der Jagd nach ritterlichen Abenteuern Missachtung des Gegenstandes seiner bisherigen unbegrenzten Verehrung. Hatte das Rittertum anfangs der Liebe das Feld geräumt, so jetzt die Liebe dem Rittertum. Das Eine scheint nicht neben dem Andern bestehen zu können.

Dass Enide ihren Gatten dem ritterlichen Leben zurückgewinnen möchte, hat seine Eifersucht erregt. Eifersucht ist in der Folgezeit die Triebfeder seines Handelns. Aus Misstrauen gegen seine Gattin legt er ihr eine Reihe von Proben ihrer Liebe und ihres Gehorsams auf. Er will sie sogar strafen dafür, dass sie ihn — wenn auch wider ihren Willen — eine Zeit lang dem Rittertum entfremdet, ja entrissen hat: daher seine Härte gegen sie. Durch ihr verhängnisvolles Wort hat sie Unheil angerichtet:

daher das Verbot zu sprechen, wofern sie nicht von ihm angeredet werde:

**Er. 2769—73:**

> Et gardez, ne soiiez tant ose,
> Se vos veez nes uue chose,
> Que vos m'an dliez ce ne quol.
> Gardez ja n'an parlez a moi,
> Se je ne vos aresne avant.

Diese Umwandlung ist also die natürliche Consequenz aus dem unhaltbaren Zustande, in dem sich das Rittertum der Liebe gegenüber befand : 2 Gegensätze, die Krec nicht zu versöhnen wusste. Das Rittertum ist bei ihm „dasjenige Lebenselement, das sein ganzes Leben erfüllte, ehe er liebte", und musste daher, da es eine Zeit lang unterdrückt war, sich auflehnen und mit allen Mitteln dahin streben, die neu erlangte Herrschaft auch auf die Dauer zu behaupten. Eine Versöhnung der Gegensätze wird herbeigeführt durch die hingebende, anspruchslose und alles Ungemach über sich erduldende Liebe Eniden's, deren Tugend und Keuschheit sich glänzend bewährt. Kein Wort der Klagen über ihre Leiden kommt aus ihrem Munde; sie klagt sich nur immer selbst an wegen ihrer Thorheit. „Tel est ce joli récit, assurément un des meilleurs morceaux qu'ait composés *Chrétien*, un des meilleurs spécimens de la poésie française du XIIe siècle." (*G. Paris* in Rom, XX, p. 161.)

Leidet nun Enide ganz schuldlos? Keineswegs. Durch anfängliches Verheimlichen ihres Kummers über Erec's Unritterlichkeit, und als sie bei einem verhängnisvollen Worte ertappt wird, durch den Versuch, sich durch Lügen herauszureden, lädt sie eine gewisse Schuld auf sich, die sie später auf den Irrfahrten allerdings allzu schwer büssen muss.

In diese Haupthandlung hat *Chrestien* noch eine Nebenhandlung eingeflochten, durch die er nachweisen will, dass innere Harmonie und Freudigkeit auch verloren gehen, wenn die Liebe auf das Rittertum Zwang ausüben will: Eine damoisele hat ihrem Geliebten Mabonagrains das eidliche Versprechen abgenommen, dass er niemals den vergier, in dem sich die Liebenden aufhielten, verlassen dürfe, bis ein Ritter ihn im Zweikampfe besiege.

Gervinus (Gesch. der deutschen Dichtung, Leipzig 1876 I p. 560/1) weist auf einen beabsichtigten Gegensatz dieses Abenteuers zu dem Hauptinhalt hin (mit Bezugnahme auf Hartmann's Iwein). Er stellt dem Egoismus der damoisele den Ehrgeiz Eniden's gegenüber, und zwar in folgender Weise:

„Jene weiss den Liebesgenuss so hoch zu schätzen, dass sie ihrem Manne lieber Abenteuer zu Hause bereitet und ihn grausam werden lässt, wenn nur in ihrer Nähe. Enide, weiblicher und zugleich auf den wahren Ruhm ihres Mannes sorgsam bedacht, will ihn und den Genuss der Liebe eher entbehren, als seinen guten Namen. Durch die Massregeln jener ging die Freude des Hoflebens verloren, durch Eniden's Ehrgeiz der Friede, in dem sie lebte. Beides soll, scheint es, nicht das Rechte sein, und jede erleidet ihre Strafe; aber alles liegt ohne Verhältnis da. *Chrestien* hat diesen Gegensatz in kürzerer, aber ebenso ungeklärter Fassung.“

In den Charakteren der beiden Frauen ist allerdings die Variierung des Problems zu suchen; nur

habe ich über Enide teilweise eine andere Auffassung, die vielleicht die Unklarheit beseitigt:

Zunächst möchte ich Enide jeglichen Ehrgeiz
absprechen. Ehrgeiz scheut (wie auch der Egoismus)
kein Mittel, um zu seinem Ziele zu gelangen. Wie
aber sträubt sich Enide gegen jenes entscheidende
Wort, das ihren Gatten von Hofe fort in die Welt
auf Abenteuer treibt! Die Tragweite desselben erkennt sie wohl und befürchtet davon das Schlimmste.
Andererseits ist sie allerdings — auch mit vollem
Rechte — auf den Ruhm ihres Gatten bedacht: daher ihre Klagen über sein Verliegen. Aber auf den
Genuss der Liebe will sie durchaus nicht verzichten,
zu Gunsten seines guten Namens. Im Gegenteil beklagt sie sich später, dass sie durch ihre Thorheit
alles Liebesglück verscherzt habe.

Er. 2782—86:

> „Lasse“, fet ele, „a si grant joie
> M'avoit Deus mise et essaucies,
> Or m'a an po d'ore abeissiee.
> Fortune, qui m'avoit atreite,
> Tost a a li sa main retreite.“

Also nur gezwungen enthüllt sie die Ursache
ihrer Klagen und spricht jenes verhängnisvolle Wort
aus, aber erst, nachdem sie nach allerlei Ausflüchten
gesucht hat:

Er. 2524—43:

> Lors fu mout Enide esperdue,
> Grant peor ot et grant esmai.
> „Sire“, fet ele, „je ne sai
> Neant de quan que vos me dites.“
> „Dame, por quoi vos escondites?
> Li celers ne vos i vaut rien.

2530:
> Ploré avez, ce voi je bien;
> Por neant ne plorez vos mie, —
> Et an dormant ai je oïe

La parole que vos deïstes."
„Ha! biaus sire, onques ne l'oïstes,
2535: Mes je cuit bien que ce fu songes."
„Or me servez vos de mançonges;
Apertemant vos oi mantir.
Mes tart vendroiz au repantir,
Se voir ne me reconoissiez."
2540: „Sire, quant vos si m'angoissiez,
La verité vos an dirai,
Ja plus ne le vos celerai;
Mes je criem bien ne vos enuit "

Was Enide wünscht, ist eine Vereinigung von
Liebe und Rittertum. Sie möchte ihren Gatten stets
in ihrer Nähe haben, daneben ihn aber auch dem
Rittertum obliegen lassen. So ist unschwer in der
Geliebten des Mabonagrains eine zweite Enide zu
erkennen, und brauchen wir nur an Stelle der Enide
jene damoisele Erec gegenüberzustellen, so wiederholt sich derselbe Konflikt zwischen Liebe und
Rittertum, nur dass umgekehrt das Rittertum leidet:
Erec hält die Liebe in Zwang und Unterdrückung;
die damoisele übt auf das Rittertum einen Zwang
aus, indem sie ihren Geliebten für immer an sich
zu fesseln sucht. Jener tyrannisiert seine Gattin;
diese beraubt ihren Geliebten seiner Freiheit. Dort
wie hier liegen die unsittlichen Motive der Eifersucht und des Egoismus zu Grunde. Aber in bezug
auf die Lösung des Konfliktes zeigt sich doch ein
weit gehender Unterschied. Im Verhältnis zwischen
Erec und Enide geschieht die Vereinigung der beiden
feindlichen Elemente von innen heraus auf natürliche Weise, in jener Episode dagegen rein äusserlich durch Brechen des Zaubers. Doch kommt die
Art der Lösung nicht weiter in betracht, da es ja
nur in der Absicht des Dichters liegen konnte, sein

Problem noch nach einer neuen Seite (der Kehrseite)
zu beleuchten.

Ein Thema anderer Art hat *Chrestien* im Löwenritter behandelt. Yvain's echtes Rittertum tritt hier
in Widerstreit mit der egoistischen Liebe Laudinens. Dieser Egoismus ist ganz besonders zu betonen. Denn wäre eine Enide Yvain's Gattin gewesen, so hätte kein Conflikt entstehen können.
Dies wird im Folgenden noch deutlicher werden:
Bildete im Erec das Motiv des Verliegens den
Grundgedanken, so tritt hier der bekannte „Compromiss in den Mittelpunkt der Handlung, zu dem
sich Laudine Yvain gegenüber bereit finden lässt" *):
ein Compromiss, zu' dem sie sich aber (aus Selbst-
sucht vgl. v. 1736/7) nur schwer versteht, dessen
leiseste Verletzung daher den Conflikt in aller Kraft
hervorbrechen lässt. Das leidenschaftlich liebende
Weib (wie Blume Laudine auffasst, p. 23—26) im
Sinne Enidens ist sie aber keineswegs. Ein wahrhaft liebendes Weib schliesst mit ihrem Geliebten
keinen Compromiss ab; kein Opfer wäre ihrer Liebe zu
gross. Laudine ist also ein rein egoistischer Charakter.
Dass Yvain den Zeitpunkt versäumt, ist ihr gleich-
bedeutend mit Treubruch. Deshalb entzieht sie ihm
ihre Liebe: nicht minder aus Eifersucht, als aus ver-
letztem Stolze. Die nun folgende Sühne Yvain's hat
dieselbe Bedeutung, wie die harten Proben Eniden's,
denen diese sich unterwerfen musste, um die Lauter-
keit ihrer Liebe zu Erec zu erweisen. Nicht so ver-
hält es sich aber mit der Lösung des Problems.
Man hat dem Dichter daraus einen Vorwurf gemacht,

---

*) Vgl. L. Blume, p. 24.

(s. Blume, p. 29—30) dass er nur eine äusserliche, erzwungene Versöhnung herbeigeführt hat: Laudine nämlich lässt ihrem Gatten nur deswegen Verzeihung angedeihen, weil sie sich von ihrer Zofe überlistet sieht und eine Weigerung einen Meineid enthalten würde. Diese nicht befriedigende Lösung ist aber aus dem Charakter der Laudine heraus recht wohl zu verstehen : Eine stolze, berechnende, versteckte Natur, hat sie sich zu einer Wiedervermählung entschlossen, nicht aus Wankelmut *), sondern weil die Notwendigkeit einer Verteidigung der Quelle vorlag :

Yv. 1736—40 :

> Qu'ele estoit an grant cusançon
> De sa fontainne garantir,
> Si se comance a repantir
> De celi qu'ele avoit blasmee
> Et leidie et mesaesmee ;

---

*) Hierin kann ich keinen besonders hervortretenden Charakterzug für Laudine erkennen, im Gegensatz zu W. *Förster* (kl. Yvain-Ausgabe 1891, p. X und zu Rauch, s. obige Schrift p. 31) Yvain's Ausspruch : Yv. 1436: que fume a plus de mil corages hat doch ganz allgemeine Geltung und bezieht sich auf alle Frauen. Wenn Yvain auf diesen Erfahrungssatz seine Hoffnung gründet, Laudinens Liebe zu gewinnen, so ist dem keine Bedeutung beizumessen, weil sie ihm noch unbekannt ist. In der Folgezeit scheint doch Laudinens Hartnäckigkeit und Unversöhnlichkeit gegenüber der Treue Yvain's ihren vermeintlichen Wankelmut sehr in Frage zu stellen.

*Förster's* Meinung ist auch L. B l u m e in obiger Schrift pag. 19 — 20. Er findet zu der Handlungsweise der Laudine eine Parallele in der Geschichte von der treulosen Witwe. Er sagt weiter p. 20 : „Doch die Stelle ist für die Grundidee des Gedichtes ganz irrelevant". Ich meine im Gegenteil : Sie ist von Wichtigkeit für die Auffassung des Charakters der Laudine und damit für den ganzen Verlauf des Conflikts.

Besonders charakteristisch für ihr ganzes Wesen
ist folgende geradezu verletzende Frage, die sie als
Antwort auf Yvain's feurige Liebesergüsse an ihn richtet:

Yv. 2033/4:

> Et oseriiez vos anprandre
> Por moi ma fontainne a defandre?

Mit der trivialen Bemerkung:

Yv. 2036:

> Sachiez donc bien qu'acordé somes"

ist dann die Angelegenheit erledigt, als ob es sich
um die Abwicklung irgend eines Geschäftes handelte.
Wäre nun wohl ein solcher Charakter eines Ver-
ständnisses fähig für den Schmerz Yvain's, für die Ver-
zweiflung, die ihn in den Wahnsinn trieb, für die
Aufrichtigkeit seiner Liebe, für die Treue, die er
seiner Gattin bewahrte? Sie blieb das kalte, gefühl-
lose, unversöhnliche Weib gegen den, der sie in
ihrem Stolze gekränkt hatte. Eine Lösung, wie im
Erec, war daher hier nicht am Platze, ja hätte geradezu ihrem Charakter widersprochen.

So blieb dem Dichter nur übrig, eine Versöhnung zu erzwingen durch ein äusseres Mittel. Da Laudine's verletzter Stolz einer Versöhnung hemmend im
Wege stand, so galt es, denselben zu brechen, was
denn auch durch die List der Zofe geschehen ist.

Ein kühneres Problem hat *Chrestien* seinem Cligés-Roman zu Grunde gelegt: die Liebe im Kampfe
mit einer von aussen hereinbrechenden Gewalt. Doch
hat er dasselbe künstlerisch und mit sittlichem
Zartgefühl durchgeführt. Der Dichter erörtert die
Frage: Handelt eine Jungfrau, die zu einer ihr
widerwärtigen Ehe gezwungen wird, noch sittlich,
wenn sie ihren Gatten zu Gunsten ihres Geliebten
hintergeht? Nur in dem Falle, dass sie ihre Keusch-

heit beiden gegenüber hütet. In diesem Punkte ist
auch der Gegensatz zu Tristan und Jsolde enthalten :
einem Stoffe, der mit dem unsrigen manches Ueber-
einstimmende gemeinsam hat. Jsolde befindet sich
in einer ähnlichen Lage, wie unsere Heldin.
Auch sie heiratet den Oheim dessen, dem ihr Herz
gehört. Aber sie trägt kein Bedenken, ihren Leib
ebensowohl ihrem Gatten, wie auch ihrem Geliebten
darzubieten. Fenice dagegen will eine solche Schmach
nicht auf sich laden :

Cl. 3147—57: L'amors d'Jseut et de Tristan,
　　　　　　 Don tantes folies dit l'an,
　　　　　　 Que honte m'est a raconter
　　 3150: Je ne me porroie acorder
　　　　　　 A la vie qu'Iseuz mena.
　　　　　　 Amors an li trop vilena,
　　　　　　 Car ses cors fu a deus rantiers
　　　　　　 Et ses cuers fu a l'un antiers.
　　 3155: Einsi tote sa vie usa,
　　　　　　 Qu'onques les deus ne refusa.
　　　　　　 Ceste amors ne fu pas resnable.

Aehnlich Cl. 5259—62. Bis sie ihrem Geliebten
in Ehren angehören kann, sucht sie ihre Keuschheit
durchaus zu bewahren :

Cl. 5238—49:
　　　　　　 Onques ancor ne me conut
　　　　　　 Si com Adamz conut sa fame.
　　 5240: A tort sui apelee dame;
　　　　　　 Mes bien sai, qui dame m'apele,
　　　　　　 Ne set que je soie pucele.
　　　　　　 Nes vostre oncles ne le set mie,
　　　　　　 Qui bea a de l'andormie,
　　　　　　 Et veillier cuide, quant il dort,
　　　　　　 Si li sanble que son deport
　　　　　　 Et de moi tot a sa devise
　　　　　　 Aussi com autre ses braz gise;
　　　　　　 Mes je l'an ai mis au dehors.

und Cl. 5310—13:
　　　　　　 Ja avuec vos einsi n'irai,
　　　　　　 Que lors seroit par tot le monde

Aussi come d'Yneut la blonde
Et de Tristan de nos parlé, . . . . .

Dieses Motiv der Jungfräulichkeit ist nicht
allein für die Charakteristik der Fenice von Wichtigkeit, sondern auch vor allem für die Lösung des
Problems und den künstlerischen Wert des Romans.
Allerdings betrügt sie ihren Gatten; aber es giebt
für sie keinen andern Ausweg, wenn sie ihre Keusch-
heit bewahren will. In diesem Entschluss ebensosehr wie in dem so oft wiederholten Hinweis auf die
Schmach der Isolde zeigt sie sich als durchaus sittlich
und verdient unsere Sympathieen im vollen Masse.
Für die Entwickelung und schliessliche Lösung seines
Problems erreicht der Dichter hierdurch zweierlei:
Einmal wird das Anstössige und Verletzende der
ganzen Situation gemildert (vgl. *Förster*: grosse
Cligés-Ausgabe, Einl. XVII); alsdann wird es dem
Dichter ermöglicht, sie unbefleckt ihrem Geliebten in
die Arme zu legen. Das Isolde-Motiv ist geläutert.
Während nun auf der einen Seite alles geschieht,
beide Gestalten zu idealisieren: Fenice als die edelste
Vertreterin ihres Geschlechts und Cligés als leuchtendes Vorbild der ganzen Ritterschaft, zeigt sich andererseits *Chrestien* bezüglich der Charakteristik des be-
trogenen Gatten nur sehr ungleichmässig bestrebt,
ihn verächtlich erscheinen zu lassen. Gleich zu Anfang allerdings, noch bevor wir Cligés und Fenice
kennen lernen, erfahren wir, dass Alis durch die
beabsichtigte Heirat einen Meineid seinem Bruder
Alexander gegenüber zu begehen im Begriff ist. Im
Laufe der Erzählung aber empfängt der Leser in
manchen Situationen von Alis so freundliche Ein-
drücke, dass das sich gestaltende Bild von ihm ein
recht schwankendes werden muss:

Als Cligés sich Urlaub erbittet, um an Artus'
Hof zu ziehen, sucht ihn sein Oheim zurückzuhalten,
indem er ihm das Anerbieten macht, mit ihm die
Herrschaft zu teilen:

Cl. 4230—36:

„Biaus niés," fet il, „pas ne m'agree
Ce que partir volez de moi.
Ja cest congié ne cest otroi
Ne vos donrai, qu'il ne me griet.
Car mont me plest et mout me slet,
Que vos soiiez conpainz et sire
Avuec moi de tot mon anpire."

Man vergleiche ferner die Schilderung von Alis
Freigebigkeit:

Cl. 4274—77:

D'or et d'arjant plus d'un sestier
Vuel que vos an façoiz porter,
Et chevaus por vos deporter
Vos donrai tot a vostre eslite"

und Cl. 5143—47·

Et ses oncles li abandone
Tot quau qu'il a, fors la corone.
Bien viaut qu'il praingne a son pleisir,
Quan qu'il vondra de lui seisir,
Ou soit de terre ou de tresor. . . .

Die fast väterliche Besorgnis um das Leben
des Cligés widerspricht ebenfalls dem Charakter eines
Mannes, der sich kein Gewissen daraus macht,
seinen Eid zu brechen und durch seine Vermählung
seinem Neffen die Kaiserkrone zu rauben.

Cl. 3986—95·

Mes mont me grieve a otroiier,
Qn'a la bataille vos anvoi,
Por ce que trop anfant vos voi.
Et tant vos resai de fier cuer,
3990: Que je n'os desdire u nul fuer
Rien qui vos pleise a demander;
Que solemant por comander

Serolt il fet, ce sachlez bien;
Mes se proílere l valoit rien,
Ja cest fes n'anchargeriiez "

Wenn diese schwankende Charakteristik die
Idee des Ganzen im Wesentlichen nicht beeinträchtigt, so ist dies dem Umstande zu danken, dass das
Verbrechen des Alis doch viel zu schwer ins Ge-
wicht fällt, als dass er sich auf die Dauer Sym-
pathie erwerben könnte. Ueberdies hat *Chrestien* das
Liebespaar, wie schon betont, mit so glänzenden
Eigenschaften ausgestattet und zumal von Fenice ein
so liebliches Bild entworfen, dass der Eindruck des
Ganzen durch jene Unebenheit nur vorübergehend
und wenig gestört wird.

Die letzten Werke *Chrestien's*: Perceval und
Guillaume d'Angleterre haben, so verschieden
sie auch sonst sein mögen, ihrem Ideengehalt nach
insofern etwas Gemeinsames, als nicht mehr die
Liebe in ihren mannigfachen Beziehungen zum
menschlichen Leben den Schwerpunkt bildet,
sondern das religiöse Element den Anlass zum
Conflikte giebt, aber doch in jeder der beiden
Dichtungen in grundverschiedener Weise. Im Wilhelm von England trägt christliche Frömmigkeit
und Demut einen Sieg davon über äussere Macht
und Herrlichkeit. Während sich nun dieser, schwei-
gend und ohne zu murren, dem Gebote Gottes unter-
wirft, lehnt sich jener auf gegen Gott und wendet sich
von ihm ab. Während Guillaume d'Angleterre rein
legendarischen Charakter hat, ist über Perceval und
hier vor allem über das von *Chrestien* herrührende
Fragment noch der ganze Zauber ritterlich-roman-
tischen Wesens ausgegossen.

Wenn es *Chrestien* vergönnt gewesen wäre,
diese Dichtung zu Ende zu führen, so hätte er das ihm
jedenfalls nur u n b e w u s s t vorschwebende Problem
eines Confliktes zwischen dem weltlichen Treiben
Percevals und seiner hohen Bestimmung, also zwischen
weltlichem und geistigem Rittertum mehr entwickeln
und vertiefen können. So wie das Gedicht vorliegt,
ist das Motiv durch die Verschmelzung der Graal-
sage mit der Artussage n u r  a n g e d e u t e t. --
Wie sehr *Chrestien* bestrebt ist, seinen Dichtungen einen tieferen Gehalt zu verleihen, können
wir vielfach bis in die Einzelheiten verfolgen. Es
finden sich Episoden, die nur symbolisch zu deuten
sind. So vor allem die Löwenritter-Episode. Der
gerettete Löwe ist das Gegenbild zu Yvain bezgl. der
Treue, die dieser seiner Gemahlin gegenüber ge-
brochen hat. Der Selbstmordversuch ist ähnlich auf-
zufassen. Yvain wollte sich aus Reue das Leben
nehmen, der Löwe, da er seinen Herrn tot glaubt,
nunmehr aus Treue: Yv. 3512—25.
Weiterhin hat der Wunderring, den Yvain von
seiner Gattin erhält, eine symbolische Bedeutung.
So lange er ihr treu bleibt, behält der Ring seine
magische Kraft: d. h. Yvain bleibt vor jeglichem
Ungemach bewahrt, und das Verhältnis zwischen
ihnen ist ein ungetrübtes v. 2600—10. Auch der
Zweikampf zwischen Yvain und Gauvain ist symbolisch zu verstehen. Letzterer hat ersteren zum
Wortbruch veranlasst. Dies verlangt Sühne. Endlich wäre noch aus Erec eine solche sinnvolle,
symbolische Stelle heranzuziehen. Enide soll nicht
sprechen, weil sie durch ihr verhängnisvolles Wort
Unheil angerichtet hat.

Gegenüber der im allgemeinen einheitlichen Idee in *Crestien*'s Dichtungen, lässt die Composition seiner Werke oft viel zu wünschen übrig und ist zum Teil recht mangelhaft *). Allein was wir als Compositionsfehler empfinden (Zweiteilung des Cligés-Romans und Verbindung des griechischen Stoffes mit der Artussage, die nur zur äusseren Folie dient), hat der damaligen Hörerwelt gewiss oft den Stoff nur interessanter und anziehender gemacht.

Hin und wieder zeigt sich *Chrestien* sogar bemüht, derartige Fehler zu vermeiden. Kunst der Composition zeigt sich bei der Behandlung von Calogrenant's Abenteuer im Walde Broceliande. Da der Dichter dasselbe später noch einmal zu erzählen hat, lässt er Calogrenant's Kampf mit dem Herrn der Quelle nicht etwa vor unsern Augen stattfinden, sondern verlegt denselben in die Vergangenheit: er lässt Calogrenant den Hergang selber erzählen. Als dann Yvain in den Kampf auszieht, vermeidet *Chrestien* sorgfältig die Wiederholung alles dessen, was wir von den näheren Umständen bereits gehört haben. Höchstens fügt er noch Reflexionen hinzu, die ja auch ganz am Platze sind, da Yvain unwillkürlich seine jetzigen Erlebnisse mit der Erzählung Calogrenants vergleicht.

Yv. 779—90:

> Car plus de bien et plus d'enor
> 780: Trova assez el vavassor
> Qu'an ne li ot conté ne dit,
> Et an la pucele revit
> De san et de biauté çant tans
> Que n'ot conté Calogrenanz;

---

*) L. Blume erklärt die Komposition des Yvain für streng einheitlich. (pag. 27).

785 :  Qu'an ne puet pas dire la some
       De buene dame et de prodome.
       Des qu'il s'atorne a grant bonté,
       Ja n'iert tot dit ne tot conté,
       Que langue ne porroit retroire
790 :  Tant d'enor con prodon fet feire.

Die Einzelheiten werden nur angedeudet, um
den Hörer nicht zu ermüden :

Yv. 803—10:

       Versa sor le perron de plain
       De l'iaue le bacin tot plain.
805 :  Et maintenant vanta et plut
       Et fist tel tans con feire dut.
       Et quant Deus redona le bel,
       Sor le pin vindrent li oisel
       Et firent joie merveilleuse
810 :  Sor la fontainne perilleuse.

Bei der Schilderung des Zweikampfes hingegen
(mit dem Herrn der Quelle) kann der Dichter wieder
ausführlicher verweilen, da derselbe einen ganz andern
Verlauf nimmt: Yv. 812—875.

Wie leicht konnte *Chrestien* in einen Fehler ver-
fallen, wenn er die Zeit von Yvain's Urlaub mit
allerlei Abenteuern ausgefüllt und dadurch sein
Thema zunächst aus den Augen verloren hätte! Mit
richtigem Gefühl beschränkt er sich auf wenige Verse,
in denen er von Yvain's und Gauvain's Turnieren
erzählt:

Yv. 2670—78:

       Car au tornoi s'an vont andui
       Par toz les leus ou l'an tornoie.
       Et li anz passe totu voie,
       Sel fist si bien mes sire Yvains
       Tot l'an, que mes sire Gauvains
       Le penoit de lui enorer
       Et si le fist tant demorer
       Que trestoz li anz fu passez
       Et de l'untre an aprés assez, . . . .

Wie fest hat *Chrestien* in dem Gewirr von Abenteuern, die Yvain besteht, den Faden in der Hand behalten! Durch die Begegnung Yvain's mit Lunette, durch das Versprechen, im Zweikampfe für ihre Unschuld einzustehen, wird eine Begegnung auch mit Laudine angebahnt. Durch den Hinweis aber auf Laudinens Hass und Unversöhnlichkeit wird jede Hoffnung auf eine Lösung des Konflikts gleich von vorn herein vereitelt. Mit der Befreiung der Lunette weiss nun *Chrestien* geschickt ein neues Abenteuer zu verbinden: Bekämpfung des Riesen Harpins de la Montaigne. Er lässt beide Kämpfe an demselben Tage stattfinden, und zwar so, dass Yvain bezüglich der Ausführungszeit in Konflikt gerät. Für die dem Entscheidungstage vorausgehende Nacht fand Yvain gastfreundschaftliche Aufnahme in einer Burg, die von jenem Riesen auf das heftigste bedrängt wurde. Das Leben der 4 Söhne und die Ehre des Schlossfräuleins standen hier auf dem Spiele, wenn sich nicht ein Ritter fand, der den Kampf aufnehmen würde. Am Hofe des Königs Artus war keine Hülfe. Yvain bleibt der letzte Rettungsanker. Er aber befindet sich in einer verzweifelten Lage: auf der einen Seite die Nichte seines besten Freundes Gauvain, die dem schrecklichsten Geschick entgegengehen wird; auf der anderen Seite Lunette, die ihr Leben verwirkt hat, wenn nicht bis 12 Uhr mittags ein Ritter für ihre Sache eintritt. Dieser war Yvain nicht nur durch sein Wort, sondern auch noch durch Dankbarkeit verpflichtet. Die Verwicklung wird noch dadurch gesteigert, dass er nach Ablauf der prime abreisen muss. Da im letzten Augenblick erscheint der Riese, den zu töten Yvain gerade noch Zeit übrig behält.

Aber nicht immer ist *Chrestien* glücklich
in der Verwendung solcher Kunstgriffe. Oft muss
der Hof des Königs Artus die Vermittlung bilden:
Die jüngere der beiden Töchter des Herrn vom
Schwarzen Dorne, die in ihrem Erbstreit an
Artus Hofe keinen Ritter findet, hört daselbst zu-
fällig von Yvain, gerade da die von letzterem ent-
sandten Neffen Gauvains ihrem Oheime die Grüsse
des Löwenritters überbringen und zugleich von
seinen Heldenthaten erzählen.

Rauch (Ueber die wälische, franz. und deutsche
Bearbeitung der Yvain-Sage, Berlin 1869) ist der
Meinung (p. 15): „der Erbstreit der Töchter störe
die poetische Rundung; statt einer einheitlichen
Handlung erhielten wir deren 2." Desgl. Goosens, pag.
44. Dem ist doch wohl entgegenzuhalten, dass jene
Episode dem Dichter nur eine willkommene Gelegenheit war, mit Hülfe deren das Vergehen Gauvain's,
(die Veranlassung von Yvain's Untreue gewesen zu
sein), nun auch seine endliche Sühne erfuhr. So
scheint doch der Zusammenhang gewahrt zu bleiben.
Ganz unvermittelt allerdings steht die Sage vom
Chastel de Pesme Avanture. Denn hier fehlt jedes
verbindende Glied mit dem Ganzen, wodurch die
Entwicklung der Handlung sehr getört wird *).

In bezug auf die Composition ist das schwäch-
ste Werk: Erec und Enide. Die Abenteuer sind hier
nur lose und unzulänglich mit einander verbunden
und stehen zum Teil ausser allem Zusammenhang
mit der Lösung des Konflikts, wie die Episode im
Zaubergarten, deren Bedeutung nur in der Variier-

*) Vgl. Rauch, pag. 16.

ung des beliebten Themas besteht. Der Dichter hat
selbst wohl die Zusammenhangslosigkeit dieser Episode mit dem Ganzen empfunden und deswegen derselben am Schluss ihre Stelle angewiesen, wo der
Konflikt zwischen Erec und Enide bereits gelöst war.
Ist die Komposition im Grossen oft sehr an-
fechtbar, so finden sich auch im Einzelnen Mängel
und selbst offenbare Widersprüche. Ad. Tobler hat
bereits auf einige derselben hingewiesen: Dtsch.
Littztg. 1884, No. 30. p. 1094): „Es ist nicht immer
das Nötige gethan, damit dem Leser das Geschehende
recht begreiflich werde. Er wird mit Grund fragen,
wie dem treuen Leibeigenen Johannes im Cligés der
Gedanke gekommen sein möge, einen Turm mit ge-
heimen Gemächern, Badestuben und dgl. einzurichten
und im Stande zu halten, da er doch im voraus nicht
hat wissen können, welche Dienste derselbe einst-
mals dem Cligés leisten werde, oder (wie auch
*Förster* fragt) warum derselbe erst nach 5 Viertel-
jahren das zugehörige Gärtchen öffnet." Hierzu
möchte ich aus demselben Gedichte noch einen auf-
fallenden Widerspruch hinzufügen. In den V. 6224 bis
27 wird Fenice's Zustand, in den sie das Tränklein
versetzt hat, als Scheintod charakterisiert, und es
wird ausdrücklich hervorgehoben, dass sie auf eine
bestimmte Zeit hin stumm und regungslos sei:

Cl. 6224—27:

De la poison que ele avoit
Dedanz le cors, qui la feit mue,
Si que ele ne se remue,
Por ce cuide qu'ele soit morte, . . .

An einer andern Stelle aber sagt der Dichter:
„Sie schweigt und verbietet den Aerzten (die sie
durch listige Vorspiegelungen zum Sprechen zu be-

wegen suchen) nicht, ihr Fleisch übel zuzurichten",
als ob sie überhaupt im Stande wäre, ihnen Rede
und Antwort zu stehen.

Cl. 6014—15:

    Cele se test ne ne lor viee
    So char a batre ne maumetre.

Ferner finden sich im Yvain noch einige Un-
klarheiten: Wenn nicht motiviert ist, weswegen
Gauvain unerkannt bleiben will, als er sich bereit
erklärt, die Sache der älteren Schwester in ihrem
Erbstreit zu verfechten (Yv. 4734/5), so kann man
sich dies aus dem „durch herkömmliche Begriffe
von Heldenehre gebotenen Verschweigen des Namens"
wohl erklären. Aber seltsam und befremdend wirkt
es, wenn Yvain bei der ersten Begegnung mit seiner
Gemahlin nach der Katastrophe von derselben nicht
erkannt wird, noch dazu trotz der langen Unterhalt-
ung. Dagegen betont *Chrestien* bei Gelegenheit des
Zweikampfes zwischen Yvain und Gauvain ausdrücklich, dass sie einander nicht anredeten. Denn wenn
sie es gethan hätten, wären sie sich anders ent-
gegengekommen, als mit Lanze und Schwert. Hier-
mit ist wenigstens — im Gegensatz zu oben — ein
schwacher, wenn auch misslungener Versuch gemacht worden zu motivieren. (Yv. 6110—16).

Bei einer ähnlichen Verwicklung versäumt es
*Chrestien* gleichfalls nicht, den Grund für das Unerkanntbleiben der beiden Freunde Erec und Guivret
anzugeben, die noch kurz zuvor ihren Freundschafts-
bund so feierlichst beschworen haben.

Er. 4999—5000:

    Ne se sont mie concü;
    Qu'an l'onbre d'une nue brune
    S'estoit esconsce la lune

und Er. 5008/9:

> De rien nule ne l'areisone,
> Ne Erec ne li sona mot; . . .

Ferner: Erec wird von Keu nicht erkannt, weil die Rüstung des ersteren so zerschlagen ist, dass überhaupt kein Kennzeichen mehr übrig blieb. Ein Erkennen musste *Chrestien* vermeiden, weil sonst alle jene Kämpfe nicht möglich gewesen wären, die zwischen Freunden herbeizuführen ihm als Mittel zu spannen dienten. Aber genügend motiviert ist das Unerkanntbleiben nirgends, höchstens in bezug auf Enide (durch den Schleier):

Er. 3977—82:

> Et la dame par grant veisdie,
> Por ce qu'ele ne voloit mie
> Qu'il la coneüst ne veïst,     ;
> Aussi con s'ele le feïst
> Por le hasle et por la poudriere,
> Mist sa guinple devant sa chiere.

Zu Beginn des Erec ist völlig unmotiviert gelassen, weswegen der Kuss aufgeschoben wird.

Er. 338/9:

> „Metez cest beisier an respit
> Iusqu'a tierz jor qu'Erec revaingne".

Endlich muss dem Leser nach *Chrestien's* Darstellung das Verhältnis des Herrn des Schlosses de Pesme Avanture zu den 2 Riesen ganz und gar unverständlich bleiben, wenn man nicht gerade annehmen will, dass ein gewisser Zauber, der in dem Schlosse sein Wesen treibt, jenes Dunkel über das gegenseitige Verhältnis verbreitet:

Nach V. 5471 (Yv): Deus miens serjanz et granz et forz sind die Riesen die Diener des Schlossherrn. Dagegen ist dieser verpflichtet, das Riesenpaar so lange bei sich zu behalten, bis es jemandem gelingt, dasselbe zu besiegen (Yv. 5467—78).

In Yv. 5467—69:

> Qu'an ceɜt chastel a establie
> Une mout fiere deablie
> Que il me covient maintenir

könnte man allerdings das Walten eines nicht weiter zu erklärenden Zaubers erblicken, obwohl es ja auffallend ist, dass die Stärkeren dem Schwächeren dienen sollen. Aber merkwürdigerweise erwähnt die Jungfrau in ihrer Erzählung über ihr und ihrer Gefährtinnen Schicksal nicht das Geringste von dem Schlossherrn, was doch hätte geschehen müssen, wenn das Verhältnis der Riesen zu ihm ein dienendes wäre. Die v. 5318—19 kann Yvain nur auf das Riesenpaar beziehen, weil er von einem andern Herrn noch nicht gehört hat:

> 5318—19 :
> „S'est riches de nostre deserte
> Cil por cui nos nos traveillons".

Aus dem Berichte der Jungfrau (5250—5337) entnimmt man nur, das der König der Jungfraueninsel als Tribut für seine Freilassung alljährlich 30 seiner puceles den beiden Riesen zu senden sich verpflichtet habe, und dass sie fortan als Seidenarbeiterinnen ein hartes Los unter den grausamsten Entbehrungen und Anstrengungen durchkämpfen müssen. In v. 5370 ist man ganz erstaunt, plötzlich von einem Schlossherrn zu hören.

> Yv. 5370:
> Et li sires estoit ses pere

und Yv. 5465:

> Fet li sire de la meison.

Es ist also völlig unklar, wer der Herr des Schlosses ist. Nach *Chrestien's* ausdrücklicher Angabe (5471) sind die Riesen die Diener, aber nach dem ganzen Verlauf der Erzählung sind sie die Ge-

bieter des Schlosses, während der als Schlossherr
Bezeichnete machtlos ihnen gegenüber ist und sehn-
lichst wünscht, solche unheimliche Gesellen getötet
oder besiegt zu sehen:

Yv. 5488—91:

> Mon chastel et ma fille a per
> Dolt avoir et tote ma terre
> Cil qui porra an chanp conquerre
> Çaus qui vos randront asaillir.

## B. Stilistische Eigentümlichkeiten Chrestien's.

Um zu erkennen, welche stilistischen Erschein-
ungen speziell *Chrestien* angehören, und in wieweit
die ihm eigene Behandlung des Stoffes sich von der
Anderer unterscheidet, wird es genügen, ihn mit denjenigen Dichtern zu vergleichen, die ihm unmittelbar vorausgegangen sind. Die meisten der Tropen
und Figuren können unerwähnt bleiben oder brauchen
wenigstens nicht weiter berücksichtigt zu werden,
weil dieselben bei seinen Vorgängern mehr oder
weniger auch zu finden sind. Es wird sich also nur
um das handeln, was *Chrestien* vor ihnen voraus hat.
Von den hier in betracht kommenden Dichtern, die
sehr verschiedenartige Stoffe für höfische Kreise be-
arbeiteten, stehen *Chrestien* am nächsten: Bérol (um
1150) und Thomas de Bretagne (um 1170), deren
Tristan im Recueil de ce qui reste des poëmes rela-
tifs à ses aventures (publ. par Francisque Michel,
Londres 1835—39) abgedruckt ist. Dann wären noch
heranzuziehen:

1) Oeuvres de Gautier d'Arras. Bibl.
frçse du moyen âge. Eracle und Ille et Galeron,
Paris 1890.

2) W a c e. Roman de Brut (publ. par le Roux
de Lincy. Rouen 1836—38, 2 vol).

Ein Kenner menschlichen Wesens, der auch auf
psychologische Beobachtung sein Augenmerk richtet,
ist *Chrestien* bestrebt gewesen, wie wir im vorigen Ab-
schnitt gesehen haben, auch nach dieser Seite hin
seinen Dichtungen tieferen Gehalt zu verleihen und
somit schon mehr und mehr den Schwerpunkt des
Handelns von aussen nach innen zu verlegen. Also
nicht etwa blosse Typen des Guten oder Schlechten,
sondern individuelle Menschen stellt er dar, die nicht
nur Kraftleistungen ausführen, sondern auch denken
und fühlen, die in Konflikt geraten mit sittlichen
Mächten in und ausser ihnen*). Daher darf es nicht
befremden, wenn in seiner Diktion die bloss er-
zählende Sprache oft hinter die reflektierende zurück-
tritt.

## 1. Reflexionen.

Gern unterbricht unser Dichter den Gang der
Erzählung durch Betrachtungen von meist psycho-
logischer oder ethischer Art und verweilt länger bei
wichtigen Momenten der Entwicklung der Handlung.
Sei es nun, dass er selbst mit reflektierenden Bemerkungen eingreift, sei es dass er seinen Helden
Reflexionen**) in den Mund legt: wir sehen ihn
stets die eigene Individualität hervorkehren. *Chrestien*
ist ein durchaus subjektiver Dichter.

---

*) Anfänge dazu begegnen uns schon bei Bérol und
Thomas de Bretagne; aber ihre Helden entbehren der sittlichen
Vertiefung.

**) Vereinzelt finden sich allerdings auch bei seinen Vor-
gängern Reflexionen in die Erzählung eingeflochten, aber nur im

Da jene Eigentümlichkeit auf Schritt und Tritt begegnet, sind nur einige besonders frappante Beispiele herausgegriffen. Sehr charakteristisch sind die Reflexionen, mit denen der Dichter die psychologische Umwandlung der Laudine begleitet: Yv. 1749 ff. Ez vos ja la dame changiee: zum Schluss dieses Gesinnungswechsels und der Wandelung in dem Leben der Laudine:

> Yv. 2164—69:
>
> Mes or est mes sire Yvains sire
> Et li morz est toz obliëz,
> Cil qui l'ocist est mariëz
> An sa fame et ansanble gisent,
> Et les janz aimment plus et prisent
> Le vif qu'onques le mort ne firent.

Das reichste Feld bietet dem Dichter natürlich die Minne. Lange Reflexionen legt er der Fenice in den Mund über Cligés Liebeserklärung. Sie kann ihr Glück nicht fassen und verfällt deswegen in Zweifelsucht: ob sie Verstellung befürchten soll oder auf

---

Tristan 536—538:

> Ha! Dex! qui puet amor tenir
> .I. an ou .II. sanz descouvrir?
> Car amors ne se puet céler u. a.

Allein auch hier vermisst man den weiteren Ausbau. Sie bleiben fast ausschliesslich beschränkt auf Affektsäusserungen oder eine Anrede an die Leser, zur Aufmerksamkeit anspornend. Tristan 664: Dex! quel péchié! trop ert hardiz . .

„   606: Ha! or oiez quel traïson . . .

„   692: Dex! por quoi fut? Or escoutez . .

„   873/4: Oez, seignors, de dam-le-Dé
         Comant il est plains de pité . . .

Wace kommt über die Formeln der Anrede: ne vous sai dire, onques n'agardastes, oiés, mult (dont) oissiez, véissiez u. s. w. überhaupt nicht hinaus.

wirkliche Liebe hoffen darf. (Cl. 4410—74). *Chrestien* selbst reflektiert über die Berechtigung einer Liebe:

> Cl. 536: Ceste amors fust leaus et droite.

Amor am rechten Platz:

> Cl. 6336/7:
>
> Certes, de rien ne s'avilla
> Amors, quant il les mist ansanble.

Oder er reflektiert über den Unterschied einer Liebeswunde von einer Waffenwunde:

> Yv. 1368—77:
>
> Que par les iauz el cuer le fiert.
> Et cist cos a plus grant duree
> 1370: Que cos de lance ne d'espee.
> Cos d'espee garist et sainne
> Mout tost des que mires i painne:
> Et la pluie d'Amors anpire
> Quant ele est plus pres de son mire.
> 1375: Tele plaie a mes sire Yvains
> Don il ne sera ja mes sains,
> Qu' Amors s'est tote a lui randue.

Er argumentiert mit grosser Genugthuung, dass ein Arzt der Liebe eher Schaden als Nutzen bringe: mit andern Worten, dass der Umstand, den Gegenstand der Liebe in unmittelbarer Nähe zu wissen, das Leid nur verschlimmere. Denselben paradox klingenden Gedanken hat *Chrestien* gleichfalls im Cligés ausgesprochen.

> Cl, 588—90:
>
> Et ce que li uns l'autre voit,
> Ne plus n'osent dire ne feire,
> Lor torne mout a grant contreire . . .

Dieser bloss scheinbare Widerspruch beruht natürlich auf einer ganz richtigen psychologischen Beobachtung. Denn die nur teilweise Erfüllung des Wunsches, das geliebte Wesen ganz zu · besitzen, steigert das Begehren, anstatt die Heftigkeit desselben zu vermindern, wodurch ein Gefühl der Un-

lust hervorgerufen wird, welches dasjenige noch
übertrifft, das bei Nichterfüllung entstehen würde.
Eine ähnlicher Gedanke: Das Verlangen des
Herzens verursacht Schmerz:

> Cl. 510: Sa volantez me fet doloir
> „ 513: Volanté don me vaingne enuis,
> „ 3080: Mes voloirs est, maus se devient.

Oder in antithetischer Form reflektiert der
Dichter über Liebesfreude und Liebesschmerz:

> Cl. 3081—4:
> Mes tant ai d'eise an mon voloir,
> Que doucemant me fet doloir,
> Et tant de joie an mon enui,
> Que doucemant malade sui.

> Cl. 3072—76:
> Mout m'abelist et si m'an duel,
> Si me delit an ma meseise.
> Et se maus puet estre, qui pleise,
> Mes enuiz est mn volantéz
> Et ma dolors est ma santéz.

Mit besonderer Vorliebe verweilt *Chrestien* in
seinen Reflexionen bei derartigen paradox klingenden Gedanken.

> Yv. 1509—13:
> Ne mes ne cuit qu'il avenist
> Que nus hon qui prison tenist
> [Tel con mes sire Yvains la tient
> Qui de la teste perdre crient]
> Amast an si fole meniere

Hier weist er auf die Thorheit des Gedankens
hin, wie es möglich sei, sein Gefängnis zu lieben.
Eine Eigentümlichkeit reflektierender Darstellung, der man in den zahlreich eingestreuten Mono-
logen sehr oft begegnet, ist die Wiederaufnahme
eines Satzteils oder eines ganzen Satzes in Frageform
(Anadiplosis)*.

---

*) Seinen Vorgängern ist dieselbe durchaus fremd.

Es wird hierdurch die Ueberraschung zum Ausdruck gebracht über die kühne Wendung, die ein scheinbar widerspruchsvoller Gedanke genommen hat.

Cl. 51(/1:

> Sa volantez me fet doloir —
> D o l o i r?

Cl. 513—15:

> Volanté don me vningne enuis,
> Doi je bien oster, se je puis —
> So je puis? u. s. w.

Cl. 653, 665. 699, 905, 1021, 1394, 1399, 1401, 2819, 2820, 4455, 4467, 4468. (Weitere Stellen aus Yvain, Lanc, Erec, Perc. s. R. Grosse. Der Stil *Chrestien*'s von Troies. Franz. Stud. I. p. 232/3).

Wir sehen, dass gerade im Cligés diese Redefigur sehr häufige Verwendung findet, ohne aber zur Manie zu werden.

## 2. Mängel in seiner Darstellung.

Insoweit bleibt *Chrestien* natürlich und ungezwungen. Aber er zeigt auch eine gewisse Sucht, Gegensätze und Widersprüche herauszufinden, wo dieselben gar nicht vorhanden sind, sie noch künstlich zu steigern, um sie dann wieder in Einklang zu bringen.

Das frappanteste Beispiel hierfür sind die Reflexionen *Chrestien*'s über einen Conflikt zwischen Liebe und Hass, bei Gelegenheit des Zweikampfes zwischen den beiden Freunden Yvain und Gauvain. (Yv. 5998—6105). Es ist natürlich müssig, von einem solchen Conflikte zu sprechen, da die Gegner sich ja gegenseitig nicht erkennen. Um seinen Gedanken durchzuführen, bedient sich *Chrestien* folgenden Bildes: „Liebe und Hass wohnen in einem Hause beisammen, nur die Liebe versteckt in einem verborgenen Kämmerchen, so dass also kein Streit entstehe". Yv. 6024—48.

Wenn man auch einerseits gern geneigt ist, die Schärfe und Feinheit der Behandlung anzuerkennen, so haftet doch andererseits seinen Reflexionen nicht selten so sehr der Charakter des Gesuchten und Gekünstelten an, dass man den Eindruck gewinnt, als benutze *Chrestien* mit Vorliebe jede Gelegenheit, seinen Geist glänzen zu lassen. Ueberdies hat er diese Betrachtungen so'weit ausgesponnen, dass der Faden der Handlung eine allzu lange Unterbrechung erfährt. Daneben ist die Darstellung teilweise schleppend und langweilig. Wir dürfen jedoch nicht vergessen, dass *Chrestien* auch l y r i s c h e r Dichter war und seine litterarische Thätigkeit in die Zeit der Blüte des provenzalischen Minnegesangs fällt, dass also für solche Betrachtungen ein empfängliches Publikum vorauszusetzen ist.

Müssige Spielerei, wie man sie aus der provzl. Lyrik schon kennt, treibt *Chrestien* mit der Trennung von Körper und Herz. Der an und für sich schöne Gedanke, das der König Artus wohl imstande sei, Yvain's Körper mitzunehmen, aber nicht sein Herz, wirkt durch die Breite der Darstellung *), aber vor allem durch die naiv gezogenen Consequenzen (2647 bis 54) lästig und ermüdend.

> Des que li cors est sanz le cuer,
> Don ne puet il vivre a nul fuer;

---

*) Dieselbe ist allerdings oft durch den feinen Ton höfischer Sitte, dann auch durch den epischen Charakter der Sprache bedingt; daher auch die grosse Fülle tautologischer Wendungen und vor allem s y n o n y m e r B e g r i f f e.

Et se li cors sanz le cuer vit,
2650:  Tel mervoille nus hon ne vit,
Ceste mervoille est avenue ;
Qu'il a la vie retenue
Sanz le cuer qui estre i soloit,
Que plus sivre ne le voloit.

Diese Analysen scheinen ganz und gar (wenigstens nach unserm Gefühl) auf die Spitze getrieben,
wenn *Chrestien* über die Unmöglichkeit, dass ein
Körper 2 Herzen haben könne, blos deshalb, weil
der eine um den Willen des andern wisse, sich
noch in Reflexionen verliert. Cl. 2820—54.

Besonders ist hervorzuheben :
Cl. 2825—40 :
Qu'il n'est voirs n'estre ne le sanble
Qu'an un cors et deus cuers ansanble,
Et s'il pooient assanbler,
Ne porroit il voir ressanbler.
Mes se vos i plest a antandre,
2830:  Bien vos savroie reison randre,
Comant dui cuer a un se tienent
Sanz ce qu'ansanble ne parvienent.
Seul de tant se tienent a un
Que la volantez de chascun
2835:  De l'un an l'autre se trespasse,
Si vuelent une chose a masse,
Et por tant qu'une chose vuelent
I a de teus qui dire suelent
Que chascuns a les cuers andeus ;
Mes uns cuers n'est pas an deus leus.

Leider gehören diese Spitzfindigkeiten keines-
wegs zu den Seltenheiten. Gegen den Schluss des
Cligés steht eine derartige Ausdrucksweise noch da-
zu in grellem Widerspruch zu dem überwältigenden
Schmerze des Cligés über den vermeintlichen Tod
seiner Geliebten:
Cl. 6251—57 :
Amie, donc sui je la morz
Qui vos a morte, (n'est-ce torz ?)

Que ma vie vos al tolue
Et s'ai la vostre retenue.
6255 : Don n'estoit moie, douce amie,
Vostre santez et vostre vie?
Et don n'estoit vostre la moie?

In demselben Romane verbreitet sich Alexander
in einem langen Monologe über die Frage: Wie hat
es geschehen können, dass sein Herz von dem Liebes-
pfeile Amors verwundet wurde, ohne dass dabei das
Auge, durch welches doch li darz hindurchgegangen
ist, im geringsten verletzt wurde?

Cl. 702—9:

Or me di donc reison, comant,
Li darz est parmi l'uel passez,
Qu'il n'an est blecies ne quassez.
705 : Se li darz parmi l'uel i antre,
Li cuers por quoi se diaut el vantre,
Que il iauz ausi ne s'an diaut,
Qui le premier cop an requiaut?
De ce sai je bien raison randre:

„Das Auge ist der Spiegel, durch den das Feuer
der Liebe hindurchgeht. Hierdurch wird das Herz
entzündet, aber so, dass der Spiegel unversehrt bleibt."
Dies führt *Chrestien* im Folgenden weiter aus: „Das
Auge bleibt unverletzt. Dies ist geradeso wie mit
einer Laterne, in die eine brennende Kerze gestellt
wird:

Cl. 723|4:

Et la flame qui par mi luist
Ne l'anpire ne ne li nuist.

Jene bleibt auch unverletzt. Ebenso ist es mit
der Glasscheibe, die durch den Sonnenstrahl auch
nicht verletzt wird". (Cl. 725—28). Soweit ist der
Gedankengang wenigstens einfach, klar und anschaulich. Nebenher geht nun noch ein anderer Gedanke,
der nicht klar genug hervortritt; „In der La-

terne ist es nur hell, solange die in derselben ent-
zündete Kerze brennt; im Körper, so lange das Herz
entflammt ist. Aehnlich ist es mit dem Glase. Kein
Glas ist so klar, dass dessen eigene Klarheit zum
Sehen ausreichen würde; es muss also noch eine
andere Klarheit, ein anderes Licht hinzutreten. Ebenso ist es mit dem Auge, wie mit dem Glase und
der Latene (Cl. 732/3). Die Klarheit des Auges
allein ist nicht genügend: es muss noch ein Lichtstrahl hineinfallen, worin das Herz sich betrachtet.
Aber mit diesem ist es eine gefährliche Sache. Solange das Herz ihn betrachtet, zeigt er im Spiegel
ein schönes Gesicht. Aber wehe dem, der sich nicht
davor hütet! Ihm (Alexander) sei es schlecht er-
gangen: ihn habe sein Spiegel sehr betrogen. Denn
in ihm habe sein Herz einen Lichtstrahl gesehen,
von dem er belästigt werde, und deshalb sei sein
Herz so feige".

Es ist ja nicht zu leugnen, dass der Gedanke,
den *Chrestien* zum Ausdruck bringen will, ein sehr
ansprechender ist, aber er ist es nicht in dieser
weitschweifigen Form. Ueberhaupt liebt es der
Dichter, Bilder zu häufen, wo ein einfaches Bild genügen würde*). Anstatt nun den Vorgang zu ver-
anschaulichen, wird dadurch die Darstellung ge-
schraubt, dunkel und unverständlich.

Eine der Form nach ebenso komplicierte Stelle
findet sich im Yvain, obwohl der Sinn klar ist.
Yv. 2658—60:
            Si fet cuer d'estrange meniere

---

*) Damit tritt *Chrestien* in direkten Gegensatz zu seinen
Vorgängern, deren Sprache jedoch infolge allzu grossen
Mangels an Bildern dürftig und trocken erscheint.

D'esperance qui mout sovant
Traïst et fausse de covant.

Ein solches (vom Leib getrenntes) Herz täuscht der Körper oft um seine Zusage (nämlich zum Herzen zurückzukehren), cf. *W. Förster*, der Löwenritter, Anmerk. p. 303—4.

Schleppende Ausdrucksweise findet sich bei der sonstigen Leichtigkeit des *Chrestien'*schen Stils im Ganzen nur selten. Hie und da wird eine solche hervorgerufen durch eine hässliche Einschachtelung von que-Sätzen, die teils relativisch, teils konjunktional stehen.

Yv. 1341—45:

Del cors qu'il voit que l'an anfuet
Li poise quant avoir n'an puet
Aucune chose qu'il an port
Tesmoing qu'il l'a conquis et mort,
Que mostrer puisse an aparant.

Yv. 2287—90:

(Et mes sire Gauvains an a)
Çant tanz plus grant joie que nus,
Que sa conpaignie amoit plus
Que conpaignie qu'il eüst
A chevalier que il seüst.

Hier 3 facher Gebrauch des que. Ebenso schwerfällig:

Er. 5440—46:

Sire, nel tenez mie a jeus,
Que ja par moi ne le savroiz
De ci que creanté m'avroiz
Par l'amor que m'avez promise,
Que par vos ne sera requise,
L'avanture don nus n'estort,
Qu'il n'i reçoive honte ou mort.

Cl. 3224—29:

Que ja tant n'iert de male part
Cligés, s'il set que ele l'aint
Et que tel vie por lui maint

» Con de garder son pucelage,
Por lui garder son eritage,
Qu'il aucune pitié n'an et, ...

Schachtelsatz, in dem „que" viel zu weit von
dem zugehörigen tant getrennt ist.

Eine weitere stilistische Schwäche besteht in
der störenden Wiederholung des bereits Gesagten:
Er. 6352—57:

> Mabonagrains grant joie fet
> D'Enide, et ele aussi de lui.
> Erec et Guivrez anbedui
> Refont joie de la pucele.
> Grant joie font et cil et cele,
> Si s'antrebeisent et acolent.
>
> . . . . . . . . . . . .
>
> 6361 : Si s'an issent joie fçisant,
> Et li uns l'autre antrebeisant.

Dadurch dass hier die Freude der Beteiligten
immer wieder von neuem hervorgehoben ist, wird
die Darstelluug eintönig.

Wenn nun *Chrestien* Begebenheiten, die bereits
bekannt sind, eingehender, als es uns nötig erscheint,
in ermüdender Breite wiederholt Er. 323—34, 5091
bis 5104 (vgl. 4876), so könnte man auch geneigt
sein, ihm dies zur Last zu legen, aber mit Unrecht.
Derartige Wiederholungen haben „zu allen Zeiten
und bei allen Völkern zur Eigentümlichkeit der
epischen Darstellung gehört. Der Anlass ist aber
zum grossen Teil nur oder doch hauptsächlich ein
äusserer : Denn eigeutlich läuft dieses Verfahren dem
Wesen aller epischen Poesie zuwider, ·das einen
schnell bewegten Fortschritt verlangt: dergleichen
Wiederholungen dienen aber im Gegenteil nur, den
Strom der Erzählung zu hemmen, ja zurückzutreiben.
Indessen, da der Hörer eben bloss hört, so will man
der Vergesslichkeit vorbeugen und sagt lieber zum

zweiten Male, was schon einmal gesagt- worden:
wer weiss, ob eine kurze Zurückdeutung genügen
würde ?"*)

Dies bezieht sich natürlich in erster Linie auf
den Volksepiker, hat jedoch auch eine gewisse Geltung für den höfischen Epiker, der zwar ein feineres,
aber doch keineswegs gelehrtes Publikum vor sich
hat. Die Art und Weise, wie *Chrestien* mit seinem
Hörerkreise verkehrt, bestätigt das Gesagte; dabei
muss man allerdings von seinen Gönnern absehen,
und besonders von der für ihre Zeit hochgebildeten
Marie, Gräfin von Champagne. **)

Gleichfalls auf Rechnung seiner Hörer ist es
wohl zu setzen, wenn *Chrestien* ein in der Zukunft
liegendes Moment dadurch schon vorwegnimmt, dass
er bisweilen über den schliesslichen Ausgang der
Sachlage kurze Mitteilungen macht.

Ein Gefühl der Spannung somit bei dem Hörer
nicht entstehen zu lassen, ist ja durchaus unpoetisch
und steht auch mit der sonstigen Darstellungsart
*Chrestien's* im Widerspruch;***) doch konnte er hierzu
durch die Neugier seines Publikums gezwungen sein,
das in naiv-kindlicher Weise auch den Ausgang
schon im Voraus wissen will.

Hinweis auf die dem Yvain bevorstehende
Katastrophe:

---

*) s. Wilh. Wackernagel, Poetik, Rhetorik u. Stilistik. Die
epische Poesie, p. 63—64.

**) Schon dass sie unserm Dichter „seu et matiere" zu seinem
Lancelot gegeben hat, lässt dies erkennen. Vgl. ferner *G. Paris*,
Rom. XII, p. 534.

***) Im Tristan findet sich dieser Fehler viel häufiger.

Yv. 2667—69:

> Je cuit qu'il le trespassera, (die Frist)
> Car departir nel lessera
> Mes sire Gauvains d'avuec lui;

Mit Bezugnahme auf den Anschlag des Grafen Galoain gegen die Ehre Enidens und das Leben ihres Gatten, sagt der Dichter:

Er. 3428/9:

> Mes Deus li porra bien eidier,
> Et je cuit que si fera il.

Mitten im grössten Schmerz Hindeutung auf die Freude:

> Que a joie tornera tost
> Cl. 2145/6: Li plus granz diuus de tote l'ost.

Hinweis auf das dem Alis drohende Unheil in seinem vermeintlichen Glücke:

Cl. 3375/6:

> Mes ainz qu'a sauveté la taingne,
> Cuit que granz anconbriers li vaingne;

Dies sind nun aber auch die einzigen Belege, die aus diesen 3 Dichtungen anzuführen sind. Also die Mängel in seiner Darstellung sind selbst da, wo man wirklich von solchen sprechen darf, im Ganzen nicht so häufig und deshalb nicht wirksam genug, um den sonstigen Wert seines Stiles beeinträchtigen zu können.

## 3. Vorzüge seines Stils.

*Chrestien* zeichnet sich durch eine glatte und gewandte Sprache von meist origineller Art aus. Gern lässt man sich einige Ungereimtheiten, Künsteleien oder sonstige Schwächen gefallen, wenn man sich dafür ganz und gar dem Eindruck hingeben kann, den der Dichter durch seine glänzende Phantasie und die Kunst anschaulicher Darstellung hervorruft.

Solche Schilderungen wirken alsdann um so wohl-
thuender.

**a) Masshalten und Beschränkung.**

Wenn auf der einen Seite die in die Erzählung
eingeflochtenen Reflexionen durch ihre ermüdende
Breite leicht zur stilistischen Schwäche werden, so
ist jedoch andererseits nicht zu leugnen, dass, falls
von ihrer Anwendung ein massvoller Gebrauch gemacht wird, dieselben wohl geeignet sind, die Darstellung zu beleben. Zunächst gilt dies von den
kurzen, kritischen Bemerkungen, mit denen *Chrestien*
in die Erzählung eingreift: et que preuz fet (und
handelt daher richtig); s'est granz honte; don uns
ne li puet feire tort; si n'a pas tort; ele a droit;
n'est pas mervoille; car ce est reisons et justise; mes
or iert mes sire Yvains fos; bien puet savoir sanz
nul redot; ne cuit que u. s. w. Im Gegensatz zu
Wace und Gautier d'Arras zeigt *Chrestien* ferner
weise Beschränkung in der Verwendung der Anaphora. *)

Vor allem bei Wace wird diese Redefigur geradezu zu einer lästigen Manie. Ganz anders bei
unserm Dichter. Er bedient sich derselben nur vorsichtig, zumeist in leidenschaftlicher Rede. Ganz am
Platze ist daher die Anaphora in den glühenden
Worten, mit denen Yvain seine Liebe erklärt:
Yv. 2024—32:

. . „an quel meniere?"
„An tel que graindre estre ne puet,
An tel que de vos ne se muet
Mes cuers n'onques aillors nel truis,
An tel qu'aillors panser ne puis,
An tel que toz a vos m'otroi,
2030:  An tel que plus vos aim que moi,

*) Im Tristan begegnet man derselben nur selten.

> An tel, se vos plest, a delivre
> Que por vos vuel morir et vivre".

Oder wenn Yvain Wunder der Tapferkeit verrichtet und die Zuschauenden mit stetig wachsen-
dem Interesse dem Kampfe folgen. Yv. 3212—23.

Ferner Cl. 3359—63:

> Mes de neant est an grant eise:
> Neant anbrace et neant beise,
> Neant tient et neant acole,
> Neant voit, a neant parole,
> A neant tance, a neant luite.

Brautnachts-Scene, wo das nur traumhafte Um-
fangen des Kaisers Alis geschildert wird.

Sehr wirksam Er. 6621—24:

> Bele est Enide, et bele doit
> Estre par reison et par droit ;
> Que bele dame est mout sa mere,
> Bel chevalier a an son pere.

Die Beispiele liessen sich leicht vermehren (s.
Grosse, p. 228—30).

Hin und wieder gestattet sich *Chrestien* die Anwendung der Parenthese, die, in knapper Form
gehalten, und ohne den Zusammenhang irgendwie
zu beeinträchtigen, denselben nur zu fördern scheint
und bisweilen sogar um so schärfer die Gegensätze
hervortreten lässt. Diese Redeform ist auch wieder
*Chrestien* allein eigentümlich.

Cl. 96—98:

> Mout cuideroit bien espleitier,
> — Cuideroit ? et si feroit il —
> S'il acreissoit l'enor son fil.

Er. 709—11:

> La pucele meïsmes l'arme,
> — N'i ot fet charaie ne charme —
> Lace li les chauces de fer.

Er. 6584—87:

> Si le mist, que plus ne tarda,

Li rois Erec an sa main destre,
— Or fu il rois si con dut estre —
Puis ra Enide coronee.

Ferner Cl. 6724; Er. 142, 1066, 1082, 3202, 4098, 6764. Hier würde auch die **kurze Wechsel-rede** ihren Platz finden ; doch ist dieses Mittel bereits in wirksamer Weise im **Tristan** verwendet, ferner noch bei **Gautier d'Arras**, aber nicht, wie auch nicht anders zu erwarten, bei **Wace**. Es sei wenigstens hervorgehoben, dass *Chrestien* in dem massvollen Gebrauch derselben Gewandtheit bekundet.

Eine glückliche Verwendung hat *Chrestien* von der Steigerung des Ausdrucks gemacht. Wo er sich der **Climax** bedient, ist dieselbe in trefflicher Weise durchgeführt. .

Erecs Gefährten beklagen sein Verliegen ; der ganze Adel führt Klage; von allen (Rittern und Knechten) wird er hart getadelt und Feigling gescholten.

Er. 2443—08:

Si conpoignon dnel an avoient,
Antr'aus sovant se demantoient
De ce que trop l'amoit assez.
Ce disoit trestoz li barnages,

2460: Que granz diaus iert et granz domages,
Quant armes porter ne voloit,
Teus ber com il estre soloit.
Tant fu blasmez de totes janz,
De chevaliers et de serjanz . .

Ferner eine schöne gelungene Figur der Climax:

Er. 4637—40 :

Qu'un toi s'estoit biautez miree,
Proesce si iert esprovee,
Savoirs t'avoit son cuer doné,
Largesce t'avoit coroné.

Yv. 4839—46, 4439 u. s. w.

Am schönsten bewährt sich *Chrestien*'s Kunst weiser Beschränkung an einigen zu behaglicher Breite verlockenden Stellen. Unser Dichter ist sich der Gefahr bewusst, der er verfällt, wenn es sich um Schilderungen handelt. Oft gelingt es ihm, sich derselben dadurch zu entziehen, dass er die Erzählung nicht unterbricht, sondern dieselbe schnell weiter führt.

Cl. 4636—39:

Nc cuidiez pas que je vos die,
Por feire demorer mon conte :
Cil roi i furent et cil conte
Et cist et cil et cist i furent.

Oder sobald er merkt, dass er seiner Schilderungslust allzusehr die Zügel schiessen lässt, so bricht er plötzlich ab, sich selbst zur Eile anspornend:

Er. 5571—9:

Mes por quoi vos deviseroie
Les peintures, les dras de soie,
Don la chanbre estoit anbelie?
Le tans gasteroie an folie,
5575 : Ne je ne le vuel pas gaster,
Einçois me vuel un po haster ;
Car qui tost va la droite voie,
Passe celui qui se desvoie ;
Por ce ne m'i vuel arester.

Aehnlich: Er. 1054 :

Por quoi vos feroie lonc conte?

Ferner noch Cl. 2350—60: Von den Verlobungsfeierlichkeiten sei nicht soviel zu sagen, dass für die Hochzeit nichts mehr zu sagen übrig bliebe. Aber um kein Missfallen zu erregen, wolle er sich auch darüber nicht verbreiten.

Cl. 2358 :

Por tant qu'as plusors despleüst

Ne vuel parole user ne perdre,
Qu'a mianz dire me vuel aerdre.

Hier also geht er ebenso schnell darüber hinweg, wie er sonst mit besonderer Vorliebe dabei verweilt. An einer anderen Stelle (p. 99) begegnete uns eine scheinbare stilistische Schwäche *Chrestien's*, die aber in der Rücksichtnahme auf die Hörer ihre Rechtfertigung fand: nämlich die breite Wiederholung bereits bekannter Ereignisse. Das Lästige und Ermüdende einer derartigen Wiederholung fühlt er selbst sehr wohl Er. 6324—26 und übt somit eine freilich mehr unbewusste Selbstkritik, wenn er sagt:

Mes a conter le vos relés,

Er. 6325:

Por ce que d'enui croist son conte
Qui deus foiz une chose conte.

Dieser Schwierigkeit nun zeigt sich *Chrestien* ganz und gar gewachsen, wenn man die Art und Weise betrachtet, wie er die Erzählung der dem Leser bereits bekannten Abenteuer Erecs und Enidens zu behandeln weiss, ohne dass die Wiederholung (im Gegensatz zu manchen anderen Stellen) irgendwie ermüdend wirkt.

Er. 6478—95:

Cuidiez vos or que je vos die
Queus achoisons le fist movoir?

6480: Naie ; que bien savez le voir
Et de ce et de l'autre chose,
Si con je la vos ai esclose.
Li reconters me seroit griés ;
Car li contes n'est mie briés.

6485: Qui le voudroit recomancier
Et les paroles rajancier,
Si com il le conta et dist
Des trois chevaliers qu'il conquist,
Et puis des cinc, et puis del conte,

6490: Qui li voet feire si grant honte,

Et puis des deus jaianz aprés,
Trestot an ordre, pres a pres,
Ses avantures li conta
Iusque la ou il esfronta
Le conte Oringle de Limors.

Gerade gegen den Schluss des Erec kann man
beobachten, wie der Dichter bestrebt ist, sich nicht
mehr in langen Schilderungen zu verlieren; hier
zeigt er überall weise Beschränkung.

Auf ein weiteres Beispiel sei noch aus dem
Yvain hingewiesen; es war bereits in ähnlichem
Zusammenhange davon die Rede. Bei Gelegenheit
der Erzählung des von Yvain im Walde Broceliande
zu bestehenden Abenteuers lag die Versuchung
nahe, die Situationen, in denen Calogrenant sich
schon befunden hatte, nun noch einmal in aller
Breite an Yvain dem Hörer vorzuführen; doch hat
dies *Chrestien* geschickt zu umgehen gewusst (vgl.
p. 80—81).

b. Frische und Lebendigkeit seines Stils.

Durch Mittel allerlei Art vermag es der Dichter,
seiner Darstellung Abwechselung zu verleihen und
die Aufmerksamkeit seiner Hörer stets wieder aufs
neue zu spannen.

Selbst wenn das Moment der Spannung bereits
vorüber ist, versteht er es, eine das Interesse
des Hörers noch fesselnde Situationsschilderung in
geschickter Weise zu entwickeln. Ein eclatantes Beispiel Er. 1089—1170. Da der Hörer den Inhalt der
Botschaft des von Erec an Artus Hof gesandten
Ritters Yder bereits kennt, sollte man meinen, ein
längeres Verweilen bei dieser Begebenheit könnte
nicht mehr fesseln; und ein minder talentvoller

Dichter würde dieselbe auch wohl mit einigen Worten abgethan haben. Allein *Chrestien* genügte dies nicht.

Am Hofe des Königs Artus herrscht bezüglich des Ausgangs von Erecs Kampfe mit Yder gespannte Erwartung, nachdem die der Königin und Erec selbst angethane Schmach bekannt geworden war. *Chrestien* weiss nun dies Moment zu benutzen, weiter auszuspinnen und so zu steigern, dass diese interessante Scene, in der die Königin beim Herannahen jenes Ritters aus äusseren Anzeichen (arg beschädigte, blutbefleckte Rüstung) in ängstlicher Erwartung auf das Schicksal Erecs schliessen will, sich mit fast dramatischer Lebendigkeit aus der ganzen Erzählung abhebt*).

---

*) Diese Art der Darstellung ist *Chrestien's* Vorgängern fremd, wie überhaupt ihre Sprache der kunstvollen Behandlung völlig entbehrt. Gautier d'Arras bringt mit Vorliebe eintönige, lange Reden, ohne den Faden der Erzählung im Auge zu behalten. Allerdings vermisst man bei *Chrestien* auch manchmal die Präcision in der Darstellung, aber der Zusammenhang bleibt doch im Grossen und Ganzen gewahrt.

Selbst im **Tristan** fehlt dem Gedankengange noch oft die Verbindung. Die Darstellung besteht häufig aus lauter Hauptsätzen in der Weise, dass die einzelnen Gedanken nur lose an einander gereiht sind. Dazu kommt noch der Mangel an Abwechselung, so dass die Aufmerksamkeit des Lesers nicht dauernd wach gehalten wird, trotz des an und für sich fesselnden Stoffes. Doch fehlt es auch hier nicht gänzlich an wirksamer Darstellung. In der Sterbe-Scene des Tristan (2 Bd. v. 1695—1818) erreicht sie z. B. eine anerkennenswerte Höhe: Tristan hatte Boten zu seiner einstigen Geliebten Isolde entsandt, die vermöge ihrer Zauberkünste allein ihn von seiner tödlichen Wunde zu heilen vermochte, mit der Weisung, bei der Rückkehr weisse Segel aufzuhissen, falls sie mitkomme, dagegen schwarze, falls sie nicht komme. In ängstlicher Spannung erwartet nun Tristan die Ankunft des Schiffes;

Auch dann, wenn er sich in seinen Schilderungen erschöpft zu haben scheint, bringt er doch
noch durch irgend ein rhetorisches Mittel eine Steigerung des Eindrucks, den er hervorrufen will, zustande. Ein solches Mittel ist der Hinweis auf die
Unmöglichkeit, auch nur einen Teil von dem schildern zu können, was der Wirklichkeit entspreche
(Er. 6702—12). „Also ist es thöricht, eine Schilderung zu wagen“. Aber wenigstens will er einen Teil
beschreiben, weil er sich der Aufgabe nicht entziehen
kann.

Nicht selten streift der Dichter in seiner Darstellung das Gebiet des Humors. Calogrenanz erzählt:

Yv. 60 :
> Non de s'enor, mes de sa honte.

Yv. 3006—9 :
> Mes del cors oindre fist folie,
> Qu'il ne l'an estoit nus mestiers.
> S'il an i eüst cinc sestiers,
> S'eüst ele autel fet, ce cuit

(mit bezug auf die Salbung Yvain's von seiten des
Fräuleins).

Er. 2027—28 :
> Qu'autremant n'est fame esposee,
> Se par son droit non n'est nomee.

Enide ist so schön, dass die Natur selbst sich
über ihr Kunstwerk verwundert:

Er. 414/5 :
> Ele meïsmes s'an estoit
> Plus de cinc çanz foiz mervelliee.

Oder indem er sich an seine Leser wendet:

---

da plötzlich meldet seine Frau aus Eifersucht, dass ein Schiff mit
schwarzen Segeln in Sicht sei, und wird so die Ursache seines
Todes.

Er. 6923—26:

> Mes je ne vos vuel feire acroire
> Chose qui ne sanble estre voire.
> Mançonge sanbleroit trop granz,
> Se je disoie que cinc çanz
> Tables fussent mises a tire
> An un palés, ja nel quier dire; ..

Im Anschluss an die Besiegung eines Strassen-räubers bemerkt *Chrestien* mit Humor:

Er. 3018·

> Je n'ai peor que il reliet; . . . . .

Yv. 6259—60:

> Bien m'an avez randu le conte
> Et del chatel et de la monte;

Cl. 4065/6:

> Que tot sanz conte et sanz mesure
> Ne rande chetel et. usure . .

Aehnlich mit einer gewissen Ironie in Yvains Kampfe gegen 2 Ungetüme:

Yv. 5593:

> Qu'il lor rant lor bonté a doble

Yv. 5600/1:

> Ja li rundroit au grant sestier
> Et au grant mui ceste bonté.

Am Schluss des *Cligés* schildert *Chrestien* die Eifersucht, mit der in späterer Zeit die byzantini-schen Kaiserinnen bewacht wurden.

Cl. 6778/9:

> Toz jorz la fet garder an chanbre
> Plus por peor que por le hasle

(mehr aus Furcht, als wegen des 'Sonnenbrandes).

Am liebsten kleidet der Dichter den Humor in das Gewand der „L i t o t e s  a l s  S a t z f i g u r*).

---

*) Beispiele für Litotes sind im Tristan nur vereinzelt.

z.B.: Tr. 1785:

> Lor amistié ne fu pas fainte

Tr. 2770:

> Yseut parla, qui n'ert pas fole,

Durch die starke Verneinung des dem eigentlichen
Sinne Entgegengesetzten wird der positive Sinn
aufs höchste gesteigert, und ist die Wirkung infolge
dessen eine überraschende.
Hierüber siehe das Nähere bei Grosse p. 189—193.
Oder er erweitert die Litotes durch Hinzufüg-
ung eines zweiten Elements zum „Parallelismus".
Das erste Glied hat negativen Charakter, wie oben
die Litotes; das zweite Glied dagegen ist positiv gehalten und wird in der Regel durch die Conjunk-
tionen ainz, einçois, mes eingeleitet, die zum Teil
auch fehlen. Dieses Mittel der Darstellung vermag
wohl den Stil zu beleben; es braucht aber nicht
weiter berücksichtigt zu werden, da *Chrestien* in der
Verwendung desselben sich von Wace nur durch
häufigeren Gebrauch und schärfere Ausprägung unterscheidet.

Aehnliches gilt von den starken Hervorheb-
ungen und Beteurungen der Aussagen*): zumeist
in negativer Form, eingeleitet durch onques, james,
mes, mie (teilweise mit hyperbelhaftem Charakter),
nur selten in positiver Form, durch por voir eingeleitet. Auch diese sind an sich bedeutungslos für
*Chrestien's* Stil; dagegen bezeichnend ist die Art der
Verwendung. Bei einem minder gewandten Dichter
könnte diese gesteigerte Ausdrucksweise bei so häu-
figem Gebrauch und noch dazu in hyperbelhafter
Form leicht zur stilistischen Schwäche werden.
*Chrestien* hingegen weiss dieselbe so mannigfaltig zu
gestalten, dass er sich dadurch ein Kunstmittel in
die Hand giebt, das recht geeignet erscheint, seiner

---

*) Nur wenige Beispiele bei Wace, dagegen häufiger im
Tristan.

Darstellung Schwung und Colorit und seiner Sprache lebendige Beweglichkeit zu verleihen.

Mannigfaltigkeit zeigt unser Dichter ferner in der Behandlung der Wortspiele, die man bei seinen Vorgängern noch nicht findet.

Cl. 550/1:
Si qu'an la mer l'amer ne voit;
Qu'an la mer sout, et d'amer vient
Cl. 979—80:
Qu'autretant dit Soredamors
Come sororee d'amors.

Weitere Beispiele Cl. 470/1, 518/9; Er. 2357/8; Yv. 620/1,
Yv. 2409—14:
Et de celi refaz la lune
Et neporuec je nel di mie
Solemant por son buen renou,
Mes por ce que Lunete a non.

Mit Vorliebe erstrebt *Chrestien* im Reime den Gleichklang. So entstehen die Klangwortspiele, von denen er reichen Gebrauch macht (s. Grosse 234/5). Mehr noch als durch die Handhabung rhetorischer Mittel erreicht *Chrestien* aber für die Belebung seines Stils durch den frischen, lebendigen Verkehr mit seinen Lesern. Darüber haben wir bereits gesprochen (s. Teil I, 42—44).

Ueberall ist *Chrestien* darauf bedacht, seiner Sprache Abwechselung zu verleihen: daher auch in langen Reden ein plötzlicher Uebergang aus indirekter in direkte Rede: Cl. 2541, 3207, 5448; Er. 3108 u. s. w.; Yv. 1745, 1911, 3916, 6162. Daher die Dialoge unter der als beteiligt gedachten Volksmenge. Es pulsiert in diesen Dialogen frisches und warmes Leben, sodass dieselben vielfach fast dramatisch belebt sind: Er. 753—72, Cl. 4650—82.

Stets lässt der Dichter die Menge an wichtigen
Ereignissen Anteil nehmen, auch besonders bei trau-
rigen Anlässen.

> Cl. 5791—5811:
>> „Deus, quel enui et quel contreire
>> Nos a fet la morz deputeire! u. s. w

Forts. pag. 131.

Ferner Abschied Erecs vom Hofe seines Vaters
Er. 5705—13. Das Volk warnt Erec vor der Hoffreude
Er. 5509—25. Das Motiv des vor Unheil warnenden
Volkes kehrt nochmals im Yvain wieder 5115—35.*)

Die höchste Anschaulichkeit kann natürlich
erst erreicht werden, wenn sich ein Dichter epischer
Darstellung bedient. Dieselbe tritt in *Chrestien's*
Dichtungen durchaus gegen den höfisch-konven-
tionellen Ton zurück; doch vereinzelt finden sich
Schilderungen von wahrhaft epischer Kraft, die ihn
uns wiederum als den seinen Vorgängern bei weitem
überlegenen Meister zeigen.

Sehr wirksam sind 2 Darstellungen, die dicht
auf einander folgen, aber einen ganz verschiedenen
Charakter tragen:

Das eine Mal ist die H a n d l u n g i n e i n z e l n e
B i l d e r aufgelöst:

> Er. 3696—98:
>> Ez vos ja le cheval fors tret;
>> La sele mise et anfrené
>> L'a uns escuiiers amené;

Das andere Mal umgekehrt nach der A r t H o-
m e r s das B i l d i n H a n d l u n g a u f g e l ö s t:

---

*) Das Interesse, das der Dichter an Volks-Scenen nimmt,
begegnet uns auch im Tristan, aber sonst nicht.

Tr. 797—823. Klagen des Volkes, das für das Schicksal
Tristans und Isoldens Partei ergreift; ferner 810—51 u. s w.

Er. 3704—14:

    Ez vos le chevalier fondant
    Parmi le tertre contre val,
    Et sist sor un mont fort cheval
    Qui si grant esfroi demenoit
    Que dessoz ses piez esgrunoit
    Les chaillos plus menuement
3710:  Que muele n'esquache fromant,
    Et s'an voloient de toz sanz
    Estanceles cleres ardanz,
    Que des quatre piez iert avis
    Que tuit fussent de feu espris.

Ferner ebenso wirksam:

Yv. 3199—3224:

    Hai! con vaillant chevalier!
    Con fet ses anemis pleissier,
    Con roidemant il les requiert!....
    Veez or comant cil se prueve,
    Veez, com il se tient an ranc,
    Veez com il portaint de sanc
3215:  Et sa lance et s'espee nue,
    Veez comant il les remue,
    Veez comant il les antasse,
    Com il lor vient, com il lor passe,
    Com il ganchist, com il trestorne;
3220:  Mes au ganchir petit sejorne
    Et po demore an son retor.
    Veez quant il vient an l'estor,
    Com il a po son escu chier,
    Que tot le leisse detranchier.

Kraftvolle Worte vom Walten des Todes, der seinen Gegner zum Kampfe herausfordert:

Yv. 4703—7:

    Mes dedanz ce fu avenu
    Que a la mort ot plet tenu
    Li sire de la Noire Espine,
    Si prist a lui tel anhatine
    La Morz que morir le covint.

Ebenso wirksame Ausdrucksweise für das Tag-werden:

Yv. 5448/9:

    Au main quant Deus ot alumé
    Par le monde son lumineire . . .

Aehnlich Cl. 5842/3:

    D'une clarté, d'une lumiere
    Avoit Deus le monde alumé;

ferner Cl. 1701—5.

Gerade durch diese naiv-sinnliche Anschauung von Gott und seinem Walten in der Natur ruft *Chrestien* einen recht lebendigen Eindruck hervor. Gott greift in das nach Begiessen der berühmten Quelle im Walde Broceliande ausbrechende Unwetter ein (Yv. 451—4).

Bei Gelegenheit des festlichen Empfangs des Königs Artus liessen Glockengeläute, Hörner- und Posaunenschall le chastel si resoner

    Yv. 2340—50: Qu'on n'i oïst pas Deu toner.

Die Trauer über den vermeintlichen Tod Feniceus war so gross im Schlosshofe:

    Cl. 5686:

    Ou l'an n'oïst pas Deu tonant

## 4. Idealisierung.

Zeigte sich *Chrestien* schon in der Wahl der rhetorischen Mittel seinen Vorgängern überlegen, so wird dies im Folgenden, wo es sich um „das geistige Element der Sprache, die innere Redeform"[*]) handelt, noch in weit höherem Masse hervortreten. Im Gegensatz zu der bloss formalen Seite könnte man diese mit Fug und Recht „die sinnliche Seite des sprachlichen Ausdrucks"[**]) nennen.

---

[*]) vgl. ten Brink: Ueber die Aufgabe der Litteraturgeschichte. Rectoratsrede 1890.

[**]) ebend.

Hier schlägt *Chrestien* von den früheren oder zeit-
genössischen Dichtern total abweichende Bahnen ein
und lässt jene weit hinter sich zurück. Wir wollen
nun versuchen auszuführen, in welcher Weise unser
Dichter seine Anschauungen von Personen und
Gegenständen zum Ausdruck gebracht hat.

a) Beschreibung körperlicher Schönheit:

Die Art und Weise der Behandlung *Chrestien's*
ist zumal in der Darstellung von Frauenschönheit
die allermannigfaltigste. Von den niedrigsten und
gerade bei seinen Vorgängern häufig wiederkehren-
den Mitteln in hyperbelhafter Form: Verwunderung
des Schöpfers (Natur oder Gott) über sein Kunstwerk, dem es nicht möglich sein würde, ein ähn-
liches Wesen nochmals zu schaffen — ausserordent-
liche Schönheit kann nicht die Natur hervorge-
bracht, sondern nur Gott allein geschaffen haben
(Yv. 1498/9, Cl. 2717—20) — steigt *Chrestien*
hinauf zu den höheren, die ihm allein eigen
sind *). Mit einem einzigen Gedanken weiss er oft
sie so anschaulich dem Leser vor Augen zu stellen,
dass es überflüssig erschiene, noch etwas hinzuzu-
fügen. Wenn es doch geschieht, so ist es ein Versuch seinen Stoff zu erschöpfen.

Gern schildert *Chrestien* vergleichungsweise,
indem er z. B. ein Ideal von Frauenschönheit (Helena,
Isolde) gegenüberstellt. Er. 424—26**):

Enidens Antlitz vergleicht er mit Blumen:

---

*) Im Tristan nur schwache, misslungene Versuche.
**) Aehnlich Cl. in bezug auf seine Schönheit mit Narcissus
verglichen, bezgl. seiner Fertigkeiten mit Tristan Cl. 2761—72.

Er. 427/8 :

> Plus ot, que n'est la flors de lis,
> Cler et blanc le front et le vis.

Ihre Augenpaare werden mit Sternen verglichen:

Er. 433/4 :

> Li oel si grant clarté randoient
> Que deus estoiles resanbloient

Er. 1657/8 :

> Mes plus estoit luisanz li crins
> Que li fis d'or qui mout est fins.

Vergleich des Anschauens von Enidens Schönheit mit dem Sich-Spiegeln.

Er. 440/1 :

> Qu'an li se poïst an mirer
> Aussi com an un mireor.

Mit Enide kann sich keine der Jungfrauen an Schönheit, noch an Wert messen, ebensowenig wie sich der Mond mit der Sonne messen kann. Er. 833—36. Ebenso wie der Edelstein den schwärzlichen Kiesel überstrahlt und die Rose den Mohn, so Enide jede andere weibliche Schönheit.

Er. 2410—14 :

> Mes aussi con la clere jame
> Reluist dessor le bis chaillo,
> Et la rose sor le pavo:
> Aussi iert Enide plus bele
> Que nule dame ne pucele.

Oder er entwirft ein Bild von Enidens Schönheit, indem er den Eindruck auf ihren Geliebten schildert. Er. 1491—97. Um nun nicht auch in ähnliche Weise Erecs Eindruck auf Enide zu schildern, sagt er nur, dass letztere an Liebesbewunderung keineswegs zurückstehe, vielmehr mit ihm wetteifere. Er. 1498—1501. Schliesslich will der Dichter selbst sein Urteil geben, muss aber bekennen, dass es schlechterdings unmöglich ist, einem von den beiden Liebenden den Vorzug zu geben.

Er. 150? —11:
> Que nus qui le voir vossist dire
> N'an poïst le mellor eslire
> Ne le plus bel ne le plus sage.

Wirksam ist das Bild, das er von den Reizen der Soredamors entwirft. Cl. 814. Ihre Augen erscheinen wie deus chandoiles qui ardent. Im Vergleich mit la gorge würde der Krystall trüb erscheinen.

Cl. 839: Que vers li ne soit cristaus trobles.

Ihre Brust weisser als der frisch geschneite Schnee.

Cl. 845:
> Plus blanc que n'est la nois negiee.

Aehnlich Yv. 1481—83:
> Qu'au pis qu'ele puet ne se face,
> Et nus cristauz ne nule glace
> N'est si clcre ne si polie.

Ihr Haar den Goldfäden des von ihr gewirkten Hemdes so ähnlich, dass es nicht davon zu unterscheiden ist.

Cl. 1167/8;
> Car antant ou plus que li ors
> Estoit li chevos clers et sors.

An einer andern Stelle hebt er hervor: es sei ihm unmöglich, Feuicens Schönheit zu schildern, seine Worte würden nicht ausreichen, auch wenn er 1000 Jahre zu leben hätte und jeden Tag seinen Verstand verdoppelte. Cl. 2737—45.

Ihre Schönheit, vereint mit derjenigen des Cligés, ist sogar imstande, das trübe Licht zu erhellen, wie die Morgensonne klar und feuerrot leuchtet. (Cl. 2754—60).

Anderer Art ist folgendes Mittel der Darstellung von Frauenschönheit: Die pucele in der Burg zum „Schlimmen Abenteuer“ ist so schön, dass, wenn

Amor sie gesehen hätte, er seine Gottheit abgelegt und Menschengestalt angenommen hätte. (Yv. 5375 bis 81).

Um die Schönheit der Geliebten Alexanders zu schildern, bedient sich der Dichter folgender Steigerung (Cl. 799 – 857). Wenn Alexander schon solchen Wert legt auf das Gefieder und die Kerbe des Liebespfeils *) (penon und la coche), dass er dieselben nicht einmal für Antiochien preisgeben würde, wie unschätzbar muss dann der Wert derjenigen sein, von der der Pfeil ausgegangen ist!

Oder er lässt Yvain sagen : Die Tochter des Vasallen, (der ihm Gastfreundschaft gewährte), hatte 100mal mehr Verstand und Schönheit, als Calogrenant geschildert hatte.

Dass *Chrestien* auch andere Vorzüge in den Vordergrund stellt, als gerade immer die äussere Schönheit, bedarf wohl kaum der Erwähnung:

Er. 537/8 :

Mout est bele, mes mianz assez
Vaut ses savoirs que sa biautez.

Yv. 241/4:

La la trovai si afeitiee,
Si bien parlant et anseigniee,
De tel solaz et de tel estre,
Que mout m'i delitoit a estre . . .

Stets kehren dann die Versicherungen der Schönheit und feinen Bildung der Damen oder Ritter wieder, zumeist in hyperbelhafter Ausdrucksweise. Zu verstehen ist letztere aus der Leidenschaftlichkeit und Intensität der Anschauung, mit der *Chrestien* schildert.

---

*) Beschreibung desselben Cl. 770—92.

## b. Mittel der Charakteristik.

Leistete *Chrestien* wirklich Bedeutendes in der Beschreibung körperlicher Schönheit, so erreicht er in der Charakteristik nicht diese Höhe. Während ein epischer Dichter immer nur gelegentlich bezeichnende Merkmale an seinen Personen hervortreten lässt und somit das Charakterbild, wie es ja auch naturgemäss ist, aus einzelnen Zügen erst allmählich gestaltet, zieht es *Chrestien* nicht selten vor, gleich von vorn herein ein Gesamtbild von seinem Helden zu entwerfen, ehe noch das Interesse an demselben im Leser erwacht sein kann. Jener charakterisiert vorzugsweise durch Worte und Handlungen; dieser zumeist durch subjektive Betrachtung, durch blosse Beschreibung. So tritt jener als Persönlichkeit durchaus zurück; dieser stellt dieselbe so sehr in den Vordergrund, dass er bei der elementarsten Art der Charakteristik, die, sei es durch Reflexionen, sei es durch Epitheta geschieht, am liebsten verweilt, womit nun nicht gesagt sein soll, dass *Chrestien* über dieselbe nicht hinauskomme. Eine solche Einseitigkeit würde ganz und gar dem Wesen unseres Dichters widersprechen. Doch darüber an der betreffenden Stelle ! Erläutern lässt sich das oben Gesagte durch die Art der Charakterisierung Erecs, von dem *Chrestien*, nachdem er ihn kaum in die Erzählung eingeführt hat, auch schon gleich ein Bild entwirft.

Er 82—104:

    Uns chevaliers, Erec ot non.
    De la table reonde estoit,
    Mout grant los an la cort avoit.
85:  De tant com il i ot esté,
    N'i ot chevalier plus loé.

Et fu tant biaus qu'an nule terre
N'estovoit plus bel de lui querre.
Mout estoit biaus et prenz et janz,
90:  Et n'avoit pas vint et cinc anz.
Onques nus hon de son aage
Ne fu de greignor vasselage.
Que diroie de ses bontez?
Sor un destrier estoit montez,
95 :  Afublez d'un mantel hermin;
Galopant vint tot le chemin,
S'ot cote d'un diaspre noble,
Qui fu fez an Costantinoble.
Chauces ot de paile chauciees,
100:  Mout bien feites et bien tailliees,
Ft fu es estriers afichiez,
Uns esperons a or chauciez;
Ne n'ot arme o lui aportee
Fors que tant solemant s'espee.

Cl. 324—35:
Et por voir si estoient il *),
Et mout ierent de bel aage,
Jant et bien fet de lor corsage ;
Et les robes que il vestoient
D'un drap et d'une taille estoient,
D'un sanblant et d'une color.
330 :  Doze furent sanz lor seignor,
Don je tant vos dirai sanz plus,
Que miaudre de lui ne fu nus;
Mes sanz outrage et sanz desroi
Desfublez fu devant le roi
335 :  Et fu mout biaus et bien tailliez.

Dieses Beispiel ist deswegen so besonders bemerkenswert, weil *Chrestien* schon damit begonnen
hatte (v. 320—23), den Eindruck zu schildern, den
die Jünglinge an Artus Hofe hervorriefen. Anstatt
nun damit fortzufahren, verfällt er wieder in subjektive Betrachtung.

---

*) Gemeint sind die byzantinischen Jünglinge am Hofe des
Königs Artus.

Auch aus Yvain sei noch eine Charakterschilder-
ung herangezogen, die des Thersites der Tafelrunde.
Yv. 1348—53:

> Tant par est Keus fel et pervers,
> Plains de ranpones et d'anui,
> Que ja mes ne garroit a lui;
> Toz jorz mes l'iroit ostant
> Et gas et ranpones gitant
> Ausi com il fist l'autre jor.

Als ein sehr beliebtes und deshalb auch immer
wiederkehrendes Mittel für die Charakterisierung
dienen unserem Dichter die Epitheta. Da dieselben jedoch rein reflektierender Natur sind, geht
ihnen jede Kühnheit und originelle Kraft ab. Epitheta
wie frans, prenz, cortois, douz, larges, deboncire
u. s. w., oder in bezug auf Frauen noble, cointe,
sage (gesittet), bele et jante u. s. w. sind also nicht
etwa bestimmten Personen*) mit besonderer Vorliebe
beigelegt, sondern finden sich in buntester Verwendung,
so dass sie zu den elementarsten Mitteln der Cha-
rakterschilderung herabsinken.

In der Art ihres Gebrauchs unterscheidet sich
*Chrestien* also gar nicht oder wenig von seinen Vorgängern; auffallend ist bei ihm nur die Häufung
der Epitheta, sehr oft in synonymer Verwendung.
Man könnte vielleicht noch auf die Epitheta
ornantia hinweisen, aber dieselben treten so spär-
lich auf, dass sie für unsern Dichter nichts Cha-
rakteristisches weiter bieten. Einige Beispiele:

> Er. 3712: Estanceles cleres ardanz
> „ 3795: Qu'estanceles ardanz

---

*) „buens" ist eins von den wenigen Beiwörtern, das stabilen
Charakter trägt; es steht vorzugsweise in Beziehung auf Artus:
Yv. 1, li buens rois de Bretaingne; ferner Yv. 3907.

Yv. 186: Tot le jor antier
Cl. 845: La nois negiee
„ 978: De doreüre clere et sore
„ 6003: Li felon ribaut

Obwohl der Dichter gerade von der Charakter-
schilderung die umfassendste Verwendung gemacht
hat, haben daneben doch auch die höheren Arten der
Charakteristik Berücksichtigung erfahren. *Chrestien*
schildert den Eindruck, den einer auf andere hervorruft, also den „Reflex in der geistigen Um-
gebung" stets in wirksamer Weise:

Cl. 319—23:

    Et li baron trestuit se teisent;
    Car li vaslet formant lor plcisent
    Por ce que biaus et janz les voient;
    Ne cuident pas que il ne soient
    Tuit de contes ou de roi fil;

Von Alexander heisst es:

Cl. 390—1:

    N'an la cort n'a baron si haut,
    Qui bel ne l'apiaut et acuelle.

Cl. 396—98:

    Mout se fet amer a chascun,
    Nes mes sire Gauvains tant l'aimme
    Qu'ami et conpaignon le claimme.

Cl. 418—21:

    Tant s'est Alixandres penez
    Et tant fet par son bel servise,
    Que mout l'aimme li rois et prise
    Et li baron et la reïne.

In bezug auf Cligés urteilt die Volksmenge:

Cl. 4670—73:

    „Cist s'an va bien lance sor fautre,
    Ci a chevalier bien adroit,
    Mout porte ses armes a droit,
    Bien li siet li escuz au col."

Cl. 4775—77:

    „Cist est an toz androiz
    Assez plus janz et plus adroiz
    De celui d'ier as noires armes.

Mit Beziehung auf die totgeglaubte Fenice:

Cl. 5855—69:

> Biauté, corteisie et savoir
> Et quan que dame puisse avoir,
> Qu'apartenir doie a bonté,
> Nos a toloit et mesconté
> La morz . . . . . . . . . . .

Yvains Tapferkeit wird bewundert:

Yv. 3199—3242:

> „Haï! con vaillant chevalier!
> Con fet ses anemis pleissier,
> Con roidemant il les requiert!
> Tot autresi antr'aus se fiert
> Con li lions antre les dains,
> Quaut l'angoisse et chace la fains.
> 3205 : Et tuit nostre autre chevalier
> An sont plus hardi et plus fier,
> Que ja, se par lui seul ne fust,
> Lance brisiee n'i eüst
> N'espee treite por ferir.
> 3210: Mout doit an amer et cherir
> Un prodome, quant an le trueve.

Vergl. ferner Er. 753—72; Cl. 4650—82 u. s. f.

Laudinens Zofe wird wegen des ihr bevorstehenden Missgeschicks bemitleidet:

Yv. 4361—65:

> „Ha! Deus, con nos as obliées!
> Con remandrous or esgarees
> Qui perdomes si buene amie
> Et tel consoil et tel aïe
> Qui a la cort por nos estoit!

Da Chrestien allzu sehr geneigt ist, mit subjektiven Betrachtungen in die Erzählung einzugreifen, kann die höchste Art der Charakteristik (durch Handlungen und Worte) nicht ganz zu ihrem Rechte kommen.

Wenn man allerdings von den mehr oder minder eingehenden Charakterschilderungen von seiten des Dichters absieht und das Thun und Reden seiner

Personen rein an sich betrachtet, so ist das Resultat
ein ganz anderes. *Chrestien* weiss seine Personen in
so mannigfache Situationen und in so schwierige
Konflikte zu verwickeln, ferner den Dialog (oder im
allgemeinen auch den Monolog) so kunstvoll zu gestalten, dass der Leser ein farbenreiches, lebendiges
Bild von ihnen gewinnen muss. Um so mehr ist es
zu bedauern, dass dieser an und für sich glänzende
Eindruck durch das stets wiederkehrende Reflek-
tieren eine Einbusse erleidet und nicht selten so erheblich gestört wird.

Es sei nur auf ein Beispiel hingewiesen, das
hierfür besonders bezeichnend ist: *Chrestien's* Hinweis
auf den Gesinnungswechsel der Laudine nach einem
vorausgegangenen Monologe, in dem sie über die
wohlmeinenden Absichten der Zofe reflektiert:

Yv. 1749—56:
Ez vos ja la dame changiee;
De celi qu'ele ot leidangiee
Ne cuide ja mes a nul fuer
Amer la deüst de bon cuer,
Et celui qu'ele ot refusé
A mout leaumant escusé
1755: Par reison et par droit de plet,
Que ne li avoit rien forfet, . . . .

Wenig am Platze und geradezu ungeschickt
ist eine solche reflektierende Betrachtung, welche
die Entwicklung des Charakterbildes, wie es im
Hörer durch die Kunst der Seelenmalerei des Dichters entstehen soll, erheblich beeinträchtigt. —

Zum Schlusse noch darf ein Punkt nicht über-
gangen werden, der sich uns schon einmal aufdrängte,
aber doch hier erst seine Stelle findet: nämlich die
Frage: Wie charakterisiert *Chrestien* das Böse? Es
finden sich hie und da Vertreter desselben, aber sie

erscheinen doch ziemlich ungefährlich, niemals in ihrer ganzen Furchtbarkeit, wie wir denn auch wohl kaum abgefeimte Bösewichter in seinen Dichtungen antreffen werden.

So ist z. B. der Charakter des Alis nicht einheitlich durchgeführt; er bildet eine Zweiheit: bald verbrecherisch, bald gut und milde, wie ein edler Mensch handelnd, (wie bereits ausgeführt p. 76—77). Aus dieser hin und her schwankenden Charakterauffassung möchte man schliessen, entweder dass es der heiteren und glücklichen Weltanschauung *Chrestien*'s widerstrebte, das Verbrechen und verbrecherische Menschen konsequent zu schildern, oder dass ihm überhaupt die Fähigkeit dazu fehlte.

c. Der bildliche Ausdruck in *Chrestien*'s Sprache.

„Für den energischen Ausdruck der Poesie ist eins der nächsten Hülfsmittel der Vergleich, die Farbe des Bildes.

Dem begeisterten Redner, wie dem Dichter, jedem Volke, jeder Bildung sind Vergleich und Bild die unmittelbarsten Aeusserungen einer gesteigerten Stimmung, des kräftigen, geistigen Schaffens." *)

Wo eine solche Stimmung fehlt, machen diese Kunstmittel leicht den Eindruck des Gesuchten und Geschraubten und erweisen sich somit als überflüssig.

Bei *Chrestien* entsteht bisweilen, wie wir bereits gesehen haben, der Eindruck des Schwulstes in verstandesmässigen Reflexionen, in denen er nicht selten in ermüdender Weise die trivialsten Bilder heran-

---

*) Vgl. Gustav Freytag. Technik des Dramas, p. 253.

zieht. Andererseits jedoch ist *Chrestien's* Anschau-
ungskreis ein viel zu gesunder und naturgemässer,
als dass die schlechten Auswüchse den ganzen Orga-
nismus überwuchern könnten; leicht wären jene zu
entfernen, so dass dieser gesund erschiene.

Wir begegnen Schilderungen von grosser Wirkung und sehen *Chrestien's* Talent in geschickter Ver-
wertung von Vergleich und Bild sich schön entfalten: überall da, wo es sich um Darstellung körperlicher Schönheit und hervorstechender Charakter-
eigenschaften handelt, wie auch zumeist in Schilderungen, die das Liebesleben betreffen. *)

Die meisten Beispiele von 4 a würden auch hier
ihre Stelle finden; zur Ergänzung mögen noch einige
herangezogen werden :

Das süsse Abschiedswort des Cligés nennt Fenice einen sicheren, festen Besitz, den ihr niemand
rauben könne, wie ein Gebäude, das stets an
einem Ort verbleibt und nicht vernichtet werden
kann, es sei denn durch Wassers- oder Feuersnot
(Cl. 4399—4402).

Nicht erwiderte Liebe vergleicht *Chrestien* mit
dem Säen ins Meer (Cl. 1035—37).

Die Blödigkeit der beiden Liebenden wird mit
den Verkehrtheiten in der Tierwelt verglichen, die
dadurch exemplificiert wird, dass die Opfer ihre Ver-
folger angreifen (Cl. 3848—57).

Die Entzündbarkeit von Laudinens Herzen mit
der eines Holzscheites verglichen, das so lange raucht,

---

*) Hier hebt sich seine gestaltende Phantasiekraft in glänzen-
der Weise ab von der bilderarmen Sprache eines Bérol oder
Thomas de Bretagne.

bis die Flamme sich zeigt, ohne dass irgend jemand dieselbe schürt Yv. 1377—80, Yv. 2519—23.

Der Stachel von Yvain's Schuld in Laudinens Herzen verglichen dem Feuer, das unter der Asche fortglimmt: Yv. 6772/3.

Der unsichtbar machende Ring der Laudine ist der Rinde zu vergleichen, die das Holz verdeckt. Yv. 1027—29; dasselbe Bild Cl. 5180/1. Eines herrlichen Bildes bedient sich *Chrestien* zum Lobe der Freigebigkeit.

Cl. 206—12:

> Mes tot ausi come la rose
> Est plus que nule autre flors bele,
> Quant ele nest fresche et novele:
> Einsi la ou largesce vient,
> Desor totes vertuz se tient.

Die proesce des Cligés gegenüber den andern Rittern verglichen den Strahlen der Sonne, die die kleineren Sterne verdunkelt Cl. 5007—13. Aehnliches Bild Yv. 3245—49.

Die Himmelskörper werden überhaupt gern von *Chrestien* zum Vergleich herangezogen, so noch Er. 433/4, 833/6; Cl. 2754—60; bei Beschreibung der Quelle im Walde Broceliande Yv. 426—29 u. s. f.

Auf die dem Jagdleben entnommenen Bilder braucht nicht weiter eingegangen zu werden, weil dieselben allgemeinen Charakters sind.

Interessant ist ein Vergleich aus dem Schmiedehandwerk bezüglich der glühenden Funken, die beim Zurückspringen der Speere sich zeigen Cl. 4076—79.

Aus der antiken Mythologie oder aus den nationalen Sagenkreisen sind oft Bilder entlehnt. Beispiele hierfür sind uns schon in anderem Zusammenhange begegnet.

Es liegt in der Eigenart des Dichters, die zur Verwendung kommenden Bilder, ihre Anwendung auf den zu verdeutlichenden Vorgang so zu analysieren, dass der Phantasie des Lesers kaum etwas überlassen bleibt. So ist es zu verstehen, dass die M e t a p h e r, „obwohl die schönste unter den tropischen Figuren", nicht so häufig vertreten ist, wie man vielleicht erwartete. Einige Proben s. Grosse p. 129—134.

Einfach und schön ist folgende Metapher:

> Qui poïst la façon descrivre
> Del nes bien fet et del cler vis,

Cl. 818—19:

> On la rose crevre le lis.
> Einsi qu'un po le lis esface,
> Por mianz anlnminer la face,
> Et de la bochete riant . .

Ferner Cl. 193—94:

> Que largesce est dame et reïne,
> Qui totes vertuz anlumine.

Cl. 3593—97 :

> Amors sanz crieme et sanz peor
> Est fens sanz flame et sanz chalor.
> Jorz sanz soloil, bresche sanz miel,
> Estez sanz flor, iverz sanz giel,
> Ciaus sanz lune, livres sanz letre.

Was von der Metapher gesagt ist, gilt auch für die Allegorie.

Wollen wir mit G e r b e r (Die Sprache als Kunst, II. p. 92 ff) die A l l e g o r i e definieren als „die entfaltete Metapher, wenn sie s e l b - s t ä n d i g auftritt," so werden wir leicht begreifen, weswegen sich dieser Tropus bei *Chrestien* nur höchst selten findet. Da er es liebt, seine Bilder gleichsam durch einen analytischen Prozess zu zergliedern, entbehren sie der Selbständigkeit und Freiheit, so dass sich keine reine Allegorie entwickeln kann.

(Vgl. Grosse, p. 157 ff.) Ein Beispiel mag es verdeutlichen.

Er. 6617—19:

> Que mout doit estre bele et jante
> La flors qui nest de si bele ante, (Schössling)
> Et li fraiz miaudre qu'an i quiaut;

Würde dieser metaphorische Ausdruck seine Selbständigkeit bewahren, so hätten wir eine Allegorie; aber gleich darauf folgt die Deutung:

Er. 6621—24:

> Bele est Enide, et bele doit
> Estre par reison et par droit;
> Que bele dame est mout sa mere,
> Bel chevalier a an son pere.

Eine wenn auch nicht ausgeprägte Allegorie wäre vielleicht aus Cligés anzuführen: Das Auge wird genannt

Cl. 712—15:

> Li mireors au cuer,
> Et par cest mireor trespasse,
> Si qu'il ne le blesce ne quasse,
> Li feus don li cuers est espris.

Während in der Allegorie das Bild „auf die Bedeutung nur hinweist," ist die Wirkung der Personification eine durch die sinnliche Form derselben unmittelbar gegebene. Im folgenden Beispiele sind Liebe und Hass zwar personificiert, aber der allegorische Charakter tritt noch zu sehr hervor; man würde hier von einer personificierenden Allegorie sprechen können.

Yv. 6021—23:

> Par foi, c'est mervoille provee
> Qu'an a an un veissel trovee
> Amor et Haïne mortel;

Yv. 6036—48:

> Espoir Amors s'estoit anclose
> An aucune chanbre celee
> Et Haïne s'an iert alee

Es loges par devers la veie,
Por ce que vient que l'an la voie,
Or est Haïne mout an coche;
Qu'ele esperone et point et broche
Sor Amor qanque ele puet,
Et Amors onques ne se muet.
Ha! Amors, ou es tu reposte?
Car t'an is! si verras quel oste
Ont sor toi amené et mis
Li anemi a tes amis.

Erst durch die allegorische Personification erreicht ein Dichter „die volle poetische Schönheit, insofern erst dann sinnliche Anschaulichkeit in
ihrer ganzen Fülle vorhanden ist." (Wackernagel p.
396). Man höre die Anrede an den Tod:

Cl. 5793—5809:

Morz coveiteuse, morz englove!
Morz est pire que nule love,
Qui ne puet estre saolee.
Onques mes si male golee
Ne poïs tu haper au monde!
Morz, qu'as tu fet? Deus te confonde,
Qui as tote biauté estainte!

5800:
La meillor chose et la miauz painte
As ocise, s'ele durast,
Qu'onques Deus a feire endurast.
Trop est Deus de grant paciance,
Quant il te suefre avoir poissance
Des soes choses despecier.
Or se deüst Deus correcier
Et giter hors de sa baillie,
Que trop as fet grant sorsaillie
Et grant orguel et grant outrage.

Man vergleiche noch: Cl. 5855—59 pag. 124
und Yv. 4703—7 (Herausforderung zum Kampfe von
seiten des Todes) pag. 114.

Dies ist echte Poesie, die sich erheblich gegen
die schwachen Versuche bei *Chrestien*'s Vorgängern

abhebt. Ein Beispiel möge noch folgen; im übrigen verweisen wir auf Grosse. p. 136—143.

Er. 4637—40:

> Qu'an toi s'estoit biautez miree,
> Proesce s'i iert esprovee,
> Savoirs t'avoit son cner doné
> Largesce l'avoit coroné.

Die Metonymie und Synekdoche endlich bieten nichts, wodurch sich unser Dichter von andern unterscheidet.

Einer wie grossen Sorgfalt *Chrestien* in bezug auf Sprache und -Vers, sich befleissigte, tritt besonders in seinen späteren Werken hervor, in denen er auf der Höhe seiner Kunst steht. Seinen Zeitgenossen war er daher ein unerreichtes Muster und ist auch als solches vielfach von ihnen gepriesen worden, wenn man auch seine hervorragende Bedeutung als dichterische Grösse damals noch nicht erkannt hat: s. Holland's *Chrestien von Troyes* p. 257/8 und 215, ferner eine weitere rühmliche Erwähnung in Gröber's Grundriss der rom. Ph. I. p. 430 Anm. 2 und endlich in *Förster's* Erec-Ausgabe Einl. p. XII. *Chrestien* selbst betont im Eingange zu seinem Erec neben der inhaltlichen auch ebenso sehr die formale Seite:

Er. 9—12:

> Por ce dit *Crestliens de Troies*
> Que reisons est que totes voies
> Doit chascuns panser et antandre
> A bien dire et a bien aprandre.